中国少年成长智慧书

遍观天下，胸有丘壑

夏丏尊　郑振铎 等 著

四川文艺出版社

图书在版编目（CIP）数据

遍观天下，胸有丘壑 / 夏丏尊等著. — 成都：四川文艺出版社, 2021.4
（中国少年成长智慧书）
ISBN 978-7-5411-5899-5

Ⅰ. ①遍… Ⅱ. ①夏… Ⅲ. ①游记－作品集－中国－现代②随笔－作品集－中国－现代 Ⅳ. ①I266

中国版本图书馆CIP数据核字（2021）第045714号

BIANGUAN TIANXIA，XIONGYOU QIUHE

遍观天下，胸有丘壑

夏丏尊　郑振铎 等　著

出 品 人　张庆宁
责任编辑　邓　敏
封面设计　鸿儒文轩
责任校对　段　敏
责任印制　桑　蓉

出版发行　四川文艺出版社（成都市槐树街2号）
网　　址　www.scwys.com
电　　话　028-86259287（发行部）　028-86259303（编辑部）
传　　真　028-86259306

邮购地址　成都市槐树街2号四川文艺出版社邮购部　610031
印　　刷　阳谷毕升印务有限公司
成品尺寸　145mm × 210mm　　开　　本　32开
印　　张　7　　字　　数　120千
版　　次　2021年4月第一版　　印　　次　2021年4月第一次印刷
书　　号　ISBN 978-7-5411-5899-5
定　　价　30.00元

序　言

这是一套给少年读的成长智慧书，是帮助少年儿童成长的引导书。本书充分运用循序渐进的学习手段，适合少年儿童慢读。书中的美文能对少年的成长起到护航保驾的作用，在促进少年儿童情商、智慧、心性成长等方面，极富价值。

苏格拉底曾对弟子说：“人生就是一次无法重复的选择。”命运没有彩排，时刻都是现场直播。为了少走弯路，我们可以借鉴前人的经验，追寻前人的脚步。前事不忘，后事之师，我们会从中吸取经验，从而使自己的生命在有限的时间里无限延展。

“中国少年成长智慧书”系列崇尚“读万卷书，不如行万里路；行万里路，不如阅人无数。最后形成自由独立之人格，达到高尚人生境界”。并按此思路进行编选。精选名家大师作品，从读书、行路、阅人、做人四个方面对少年儿童的成长进行深层指导和影响。

编者在每篇文章前，对作者做了介绍，并附上了写作背景或感悟体会，方便读者在阅读时更好地理解作者当时的写作心情及境遇。

《书山寻径，滋养心灵》精选名人论述关于书籍与读书的文章，选文内容广泛，文章挥洒自如，妙趣横生。大师们的心得与感悟，洒播了一路的智慧之光，像路标指引着我们前进的方向。大师们精彩的文字，让我们能够懂得阅读是一个人的旅程，需要坚定心性，一路向前。

《遍观天下，胸有丘壑》将带领我们去往世界各处，用眼看世界，用心思考世界与成长。旅行，不只风景，更多的是创意和智慧的收获！读万卷书，行万里路。旅行，是打开视野的一个窗口，更是一次知识的大充电。跟随大师的脚步，阅读这些精彩的美文，让今天的我们在欣赏优美文字的同时，对历史、对自然、对世界也有更多了解。

《练会金口才，铸就演讲家》带领大家领略名家风采。演讲，不仅是语言的艺术，更是智慧的结晶，是振奋人心的呐喊。每一篇成功的演讲都是人们经过深思熟虑，将生活阅历、实践真知、人生智慧和语言技巧融为一体的结果，是每一位先辈的高光时刻。“三人行，必有我师焉”，本书中振奋人心的名人演讲，无一不是绝佳的思想盛宴，是这个世界上充满智慧的灯塔，值得每个青少年认真观阅和学习。

《学会舍得，成就未来》概括了孩子应该具备的三种极其重要的素质：自省、包容和赞美。这些充满哲理而又富有情节的故事，能激起他们读下去的欲望，进而引发他们的思考。孩子们就是在这种阅读的过程中开动脑筋、增长知识、完善性格、塑造心灵的。人生的美德与智慧就像散落的沙子，我们每天收集哪怕一粒，总有一天会聚沙成塔，收获一个灿烂的明天。

少年正处于个体人生观、价值观、世界观形成的关键时期，应该更多地接触具有大智慧之文章，使自己形成大格局、大视野，构建大的美学观念和高远的理想信念，成就具有大智慧的三观。愿我们精心编选的这部书如和煦春风、淅沥春雨，催生出已然萌动于少年儿童心中的美丽新芽。抬眼望去，一道道幸运之门、成功之门、快乐之门、幸福之门和智慧之门将瞬间开启。

本书系作品为保留原文风貌，当年习惯使用字词与今不同者，均不改动，只对其中明显错别字和今人容易产生歧义之处，按今日出版要求订正。作品标点与今日规范相异者，一律依旧。作品中所遇外语词汇翻译与今译不合者，保留原貌。

编　者

2020 年夏

目录

第二章　旅行的美好

第三章　风景就在那里

第一章　游学在路上

旅行，不止于风景，更多的是创意和智慧的收获！读万卷书，行万里路。旅行，是打开视野的一个窗口，更是一次知识的大充电。跟随大师的脚步，阅读这些精彩的美文，让今天的我们在欣赏其优美的文字的同时，对历史、对自然、对世界有了更多的了解。

庐山游记（节选）

胡　适（1891—1962）

中国现代著名学者、教育家。安徽绩溪人。曾留学美国，师从杜威，获哲学博士学位。是新文化运动的闻名人物。曾编辑《新青年》杂志。他以改良主义对待马克思主义。1938年后，先后任民国驻美大使、北京大学校长等职。1948年起长居美国。1962年卒于台湾。有《胡适作品集》37卷（台湾远流出版社）。本文不同于一般的游记，作者既写到了游踪，又详细介绍考证成果，并于游乐之中，兴致一来，吟诗戏作，于考究端详之中，见出大学者的幽默风趣，个性鲜明独特。

昨夜大雨，终夜听见松涛声与雨声，初不能分别，听久了才分得出有雨时的松涛与雨止时的松涛，声势皆很够震动人心，使我终夜睡眠甚少。

早起雨已止了，我们就出发。从海会寺到白鹿洞的路上，树木很多，雨后青翠可爱。满山满谷都是杜鹃花，有两种颜色，红的和轻紫的，后者更鲜艳可喜。去年过日本时，樱花已过，正值杜鹃花盛开，颜色种类很多，但多在公园及私人家宅中见之，不如今日满山满谷的气象更可爱。因作绝句记之：

长松鼓吹寻常事，最喜山花满眼开。
嫩紫鲜红都可爱，此行应为杜鹃来。

到白鹿洞。书院旧址前清时用作江西高等农业学校，添有校舍，建筑简陋潦草，真不成个样子。农校已迁去，现设习林事务所。附近大松树都钉有木片，写明保存古松第几号。此地建筑虽极不堪，然洞外风景尚好。有小溪，浅水急流，铮淙可听；溪名贯道溪，上有石桥，即贯道桥，皆朱子起的名字。桥上望见洞后诸松中一松有紫藤花，直上到树杪，藤花正盛开，艳丽可喜。

白鹿洞本无洞。正德中，南康守王溱开后山作洞，知府何浚凿石鹿置洞中。这两人真是大笨伯！

白鹿洞在历史上占一个特殊地位，有两个原因。第一，因为白鹿洞书院是最早一个书院。南唐升元中（937—942）建为庐山国学，置田聚徒，以李善道为洞主。宋初因置为书院，与睢阳、石鼓、岳麓三书院并称为"四大书院"，为书院的四个祖宗。第二，因为朱子重建白鹿洞书院，明定学规，遂成后世几百年"讲学式"的书院的规模。宋末以至清初的书院皆属于这一种。到乾隆以后，朴学之风气已成，方才有一种新式的书院起来。阮元所创的诂经精舍、学海堂，可算是这种新式书院的代表。南宋的书院祀北宋周、邵、程诸先生；元明的书院祀程、朱；晚明的书院多祀阳明；王学衰后，书院多祀程、朱。乾、嘉以后的书院乃不祀理学家而改祀许慎、郑玄等。所祀的不同便是这两大派书院的根本不同。

朱子立白鹿洞书院在淳熙己亥（1179），他极看重此事，曾札上丞相说：

> 愿得比祠官例，为白鹿洞主，假之稍廪，使得终与诸生讲习其中，犹愈于崇奉异教香火，无事而食也。（《志》八，页二，引《洞志》）

他明明指斥宋代为道教宫观设祠官的制度，想从白鹿洞开一个儒门创例来抵制道教。他后来奏对孝宗，申说请赐书院额，并赐书的事，说：

> 今老、佛之宫布满天下，大都逾百，小邑亦不下数十，而公私增益势犹未已。至于学校，则一郡一邑仅置一区；附廓之县又不复有。盛衰多寡相悬如此！（同上，页三）

这都可见他当日的用心。他定的《白鹿洞规》，简要明白，遂成为后世七百年的教育宗旨。庐山有三处史迹代表三大趋势：（一）慧远的东林，代表中国“佛教化”与佛教“中国化”的大趋势。（二）白鹿洞，代表中国近世七百年的宋学大趋势。（三）牯岭，代表西方文化侵入中国的大趋势。

从白鹿洞到万杉寺。古为庆云庵，为“律”居，宋景德中有大超和尚手种杉树万株，天圣中赐名万杉。后禅学盛行，遂成“禅寺”。南宋张孝祥有诗云：

> 老干参天一万株，庐山佳处着浮图。
> 只因买断山中景，破费神龙百斛珠。
> （《志》五，页六十四，引《程史》）

今所见杉树，粗又如瘦碗，皆近年种的。有几株大樟树，其一为“五爪樟”，大概有三四百年的生命了。《指南》（编者按：指《庐山指南》）说“皆宋时物”，似无据。

从万杉寺西行约二三里，到秀峰寺。吴氏《旧志》无秀峰寺，只有开光寺。毛德琦《庐山新志》（康熙五十九年成书。我在海会寺买得一部，有同治十年，宣统二年，民国四年补版。我的日记内注的卷页数，皆指此本）说：

> 康熙丁亥（1707）寺僧超渊往淮迎驾，御书秀峰寺赐额，改今名。

开先寺起于南唐中主李璟。李璟年少好文学，读书于庐山，后来先主代杨氏而建国，李璟为世子，遂嗣位。他想念庐山书堂，遂于其地立寺，因为开国之祥，故名为开先寺，以绍宗和尚主之。宋初赐名开先华藏，后有善暹，为禅门大师，有众数百人。至行瑛，有治事才，黄山谷称“其材器能立事，任人役物如转石于千仞之溪，无不如意。”行瑛发愿重新此寺。

> 开先之屋无虑四百楹，成于瑛世者十之六，穷

壮极丽，迨九年乃即功。（黄庭坚《开先禅院修造记》，《志》五，页十六至十八）

此是开先极盛时。康熙间改名时，皇帝赐额，赐御书《心经》，其时“世之人无不知有秀峰”（郎廷极《秀峰寺记》，《志》五，页六至七）。其时也可称是盛世。到了今日，当时所谓“穷壮极丽”的规模只剩败屋十几间，其余只是颓垣废址了。读书台上有康熙帝临米芾书碑，尚完好；其下有石刻黄山谷书《七佛偈》，及王阳明正德庚辰（1520）三月《纪功题名碑》，皆略有损坏。

寺中虽颓废令人感叹，然寺外风景则绝佳，为山南诸处的最好风景。寺址在鹤鸣峰下，其西为龟背峰，又西为黄石岩，又西为双剑峰，又西南为香炉峰，都嵚奇可喜。鹤鸣与龟背之间有马尾泉瀑布，双剑之左有瀑布水；两个瀑泉遥遥相对，平行齐下，下流入壑，汇合为一水，迸出山峡中，遂成最著名的青玉峡奇景。水流出峡，入于龙潭。昆山与祖望先到青玉峡，徘徊不肯去，叫人来催我们去看。我同梦旦到了那边，也徘徊不肯离去。峡上石刻甚多，有米芾书“第一山”大字，今钩摹作寺门题榜。

徐凝诗“今古长如白练飞，一条界破青山色”，即是咏瀑布水的。李白《瀑布泉》诗也是指此瀑。《旧志》载瀑布水的诗甚多，但总没有能使人满意的。

由秀峰往西约十二里，到归宗寺。我们在此午餐，时已下午三点多钟，饿得不得了。归宗寺为庐山大寺，也很衰落了。我向寺中借得《归宗寺志》四卷，是民国甲寅先勤本坤重修的，用活字排印，错误不少，然可供我的参考。

我们吃了饭，往游温泉。温泉在柴桑桥附近，离归宗寺约五六里，在一田沟里。雨后沟水浑浊，微见有两处起水泡，即是温泉。我们下手去试探，一处颇热，一处稍减。向农家买得三个鸡蛋，放在两处，约七八分钟，因天下雨了，取出鸡蛋，内里已温而未熟。田垄间有新碑，我去看，乃是星子县的告示，署民国十二年。中说，接康南海先生函述在此买田十亩，立界碑为记的事。康先生去年死了。他若不死，也许能在此建立一所浴室，他买的地横跨温泉的两岸。今地为康氏私产，而业归海会寺管理，那班和尚未必有此见识做此事了。

此地离栗里不远，但雨已来了，我们要赶回归宗，不能去寻访陶渊明的故里了。道上是一石碑，有“柴桑桥”大字。《旧志》已说，“渊明故居，今不知处”（四，页七）。桑乔疏说，去柴桑桥一里许有渊明的醉石。《旧志》又说，醉石谷中有五柳馆，归去来馆。归去来馆是朱子建的，即在醉石之侧。朱子为手书颜真卿《醉石诗》，并作长跋，皆刻石上，其年月为淳熙辛丑（1181）七月（四，页八）。此二馆今皆不存，醉石也不知去向了。庄百俞先生《庐山游记》说他曾访醉石，乡人皆不知。记之以告后来的游者。

今早轿上读《旧志》所载宋周必大《庐山后录》，其中说他访栗里，求醉石，土人直云，“此去有陶公祠，无栗里也。”（十四，页十八）。南宋时已如此，我们在七百年后更不易寻此地了，不如阙疑为上。《后录》有云：

> 尝记前人题诗云：
> 五字高吟酒一瓢，庐山千古想风标。
> 至今门外青青柳，不为东风肯折腰。
> 惜乎不记其姓名。

我读此诗，忽起一感想：陶渊明不肯折腰，为什么却爱那最会折腰的柳树？今日从温泉回来，戏用此意作一首诗：

陶渊明同他的五柳

当年有个陶渊明，不惜性命只贪酒。
骨硬不能深折腰，弃官回来空两手。
瓮中无米琴无弦，老妻娇儿赤脚走。

先生吟诗自嘲讽，笑指篱边五株柳：
“看他风里尽低昂！这样腰肢我无有。”

晚上在归宗寺过夜。

五峰游记

李大钊（1889—1927）

河北乐亭人，中国共产主义的先驱，伟大的马克思主义者、杰出的无产阶级革命家、中国共产党的主要创始人之一，他不仅是我党早期卓越的领导人，而且是学识渊博、勇于开拓的著名学者，在中国共产主义运动和民族解放事业中，占有崇高的历史地位。五峰碣石滋养着李大钊的精神，而李大钊对昌黎的五峰山也是情有独钟，在他短暂的一生中，曾经八上五峰山。《五峰游记》中水墨画一般的天然山水，五峰山的各种景色特点，或秀美，或清妙，或深秀，或壮丽，或磅礴，都一一呈现在我们面前。

我向来惯过“山中无历日，寒尽不知年”的日子，一切日常生活的经过，都记不住时日。

我们那晚八时顷，由京奉线出发，次日早晨曙光刚发的时候，到滦州车站。此地是辛亥年，张绍曾将军督率第二十军停军不发，拿十九信条要挟清廷的地方。后来到底有一标在此起义，以众寡不敌失败，营长施从云、王金铭，参谋长白亚雨等殉难。这是历史上的纪念地。

车站在滦州城北五里许，紧靠着横山。横山东北，下临滦河的地方，有一个行宫，地势很险，风景却佳，而今作了我们老百姓旅行游览的地方。

由横山往北，四十里可达卢龙。山路崎岖，水路两岸万山重叠，暗崖很多，行舟最要留神，而景致绝美。由横山往南，滦河曲折南流入海，以陆路计，约有百数十里。

我们在此雇了一只小舟，顺流而南，两岸都是平原。遍地的禾苗，都很茂盛，但已觉受旱。禾苗的种类，以高粱为多，因为滦河一带，主要的食粮，就是高粱。谷黍豆类也有。滦水每年泛滥，河身移徙无定，居民都以为苦。其实滦河经过的地方，虽有时受害，而大体看来，却很富厚，因为他的破坏中，却带来了很多的新生活种子、原料。房屋老了，经他一番破坏，新的便可产生。土质乏了，经他一回滩淤，肥的就会出现。这条滦河简直是这一方的旧生活破坏者，新生活创造者。可惜人都是苟安，但看见他的破坏，看不见他的建设，却很冤枉了他。

河里小舟漂着，一片斜阳射在水面，一种金色的浅光，衬着岸上的绿野，景色真是好看。

天到黄昏，我们还未上岸。从舟人摇橹的声中，隐约透出了远村的犬吠，知道要到我们上岸的村落了。

到了家乡，才知道境内很不安静。正有“绑票”的土匪，在各村骚扰。还有“花会”照旧开设。

过了两三日，我便带了一个小孩，来到昌黎的五峰。是由陆路来的，约有八十里。从前昌黎的铁路警察，因在车站干涉日本驻屯军的无礼的行动，曾有五警士为日兵惨杀。这也算是一个纪念地。

五峰是碣石山的一部，离车站十余里，在昌黎城北。我们清早雇骡车运行李到山下，车不能行了，只好步行上山。一路石径崎岖，曲折得很，两旁松林密布。间或有一两人家很清妙的几间屋，筑在山上，大概窗前都有果园。泉水从石上流着，潺潺作响。当日恰遇着微雨，山景格外的新鲜。走了约四里许，才到五峰的韩公祠。

五峰有个胜境，就在山腹。望海、锦绣、平斗、飞来、挂月五个山峰环抱如椅。好事的人，在此建了一座韩文公祠。下临深涧，涧中树木丛森。在南可望渤海，碧波万顷，一览无尽。我们就在此借居了。

看守祠宇的人，是一双老夫妇，年事都在六十岁以上，却很健康。此外一狗、一猫、两只母鸡，构成他们那山居的生活。我们在此，找夫妇替我们操作。

祠内有两个山泉可饮。煮饭烹茶，都从那里取水，用松枝做柴，颇有一种趣味。

山中松树最多，果树有苹果、桃、杏、梨、葡萄、黑枣、胡桃等。今年果收都不佳。

来游的人却也常有，但是来到山中，不是吃喝，便是赌博，真是大煞风景。

山中没有野兽，没有盗贼，我们可以夜不闭户，高枕而眠。

久旱，乡间多求雨的，都很热闹，这是中国人的群众运动。

昨日山中落雨，云气把全山包围。树里风声雨声，有波涛澎湃的样子。水自山间流下，却成了瀑布。雨后大有秋意。

巴　黎

朱自清（1898—1948）

现代散文家、诗人。字佩弦，江苏扬州人。曾在清华大学、西南联大任教。1948年6月，在抗议美国扶植日本和拒绝接受“美援”面粉的宣言上签名；同年8月因贫病在北平逝世。作品有诗文集《踪迹》，散文集《背影》《欧游杂记》《你我》《伦敦杂记》，文艺论著《诗言志辨》《论雅俗共享》等。在本文中，作者细说漫游巴黎的点点滴滴。从塞纳河到协和广场，从凯旋门到香榭丽舍大道，从埃菲尔铁塔到巴黎圣母院，从市中心卢浮宫到郊外的凡尔赛宫，对建筑、艺术、文学、风土人情，如数家珍，娓娓道来。

塞纳河穿过巴黎城中，像一道圆弧。河南称为左岸，著名的拉丁区就在这里。河北称为右岸，地方有左岸两个大，巴黎的繁华全在这一带，说巴黎是“花都”，这一溜儿才真是的。右岸不是穷学生苦学生所能常去的，所以有一位中国朋友说他是左岸的人，抱“不过河”主义。区区一衣带水，却分开了两般人。但论到艺术，两岸可是各有胜场，我们不妨说整个儿巴黎是一座艺术城。从前人说“六朝”卖菜佣都有烟水气，巴黎人谁身上大概都长着一两根雅骨吧。你瞧公园里，大街上，有的是喷水，有的是雕像，博物院处处是，展览会常常开，他们几乎像呼吸空气一样呼吸着艺术气，自然而然就雅起来了。

右岸的中心是刚果方场。这方场很宽阔，四通八达，周围都是名胜。中间巍巍地矗立着埃及拉米塞司第二的纪功碑。碑是方锥形，高七十六英尺，上面刻着象形文字。一八三六年移到这里，转眼就是一百年了。左右各有一座铜喷水，大得很。水池边环列着些铜雕像，代表着法国各大城。其中有一座代表司太司堡。自从一八七零年那地方割归德国以后，法国人每年七月十四国庆日总在像上放些花圈和大草叶，终年地搁着让人惊醒。直到一九一八年十一月和约告成，司太司堡重归法国，这才停止。纪功碑与喷水每星期六晚用弧光灯照耀。那碑像从幽暗中脱颖而出，那水像山上崩腾下来的雪。这场子原是法国革命时候断头台的旧址。在“恐怖时代”，路易十六与王后，还有各党各派的人轮班在这儿低头受戮。但现在一点痕迹也没有了。

场东是砖厂花园。也有一个喷水池，白石雕像成行，与一丛丛绿树掩映着。在这里徘徊，可以一直徘徊下去，四围那些纷纷的车马，简直若有若无。花园是所谓法国式，将花草分成一畦畦的，各个排成精巧的花纹，互相对称着。又整洁，又玲珑，教人看着赏心悦目。可是没有野情，也没有蓬勃之气，像北平的巴儿狗。这里春天游人最多，挤挤挨挨的。有时有音乐会，在绿树荫中。乐韵悠扬，随风飘到场中每一个人的耳朵里。再东是加罗塞方场，只隔着一道不宽的马路。路易十四时代，这是一个校场。场中有一座小凯旋门，是拿破仑造来纪胜的，仿罗马某一座门的式样。拿破仑叫将从威尼斯圣马克堂抢来的驷马铜像安在门顶上。但到了一八一四年，那铜像终于回了老家。法国只好换上一个新的，光彩自然差得多。

刚果方场西是大名鼎鼎的仙街，直达凯旋门。有四里半长。凯旋门地势高，从刚果方场望过去像没多远似的，一走可就知道。街的东半截儿，两旁简直是园子，春天绿叶子密密地遮着，西半截儿才真是街。街道非常宽敞。夹道两行树，笔直笔直地向凯旋门奔凑上去。凯旋门巍峨爽朗地盘踞在街尽头，好像在半天上。欧洲名都街道的形势，怕再没有赶上这儿的，称为“仙街”，不算说大话。街上有戏院，舞场，饭店，够游客们玩儿乐的。凯旋门一八零六年开工，也是拿破仑造来纪功的。但他并没有看它的完成。门高一百六十英尺，宽一百六十四英尺，进身七十二英尺，是世界凯旋门中最大的。门上雕刻着一七九二至一八一五年间法国战事片段的景子，都出于名手。其中罗特（Burguudian Rude，十九世纪）的“出师”一景，慷慨激昂，至今还可以作我们的气。这座门更有一个特别的地方：在拿破仑周忌那一天，从仙街向上看，团团的落日恰好扣在门圈儿里。门圈儿底下是一个无名兵士的墓，他埋在这里，代表大战中死难的一百五十万法国兵。墓是平的，地上嵌着文字，中央有个纪念火，焰子粗粗的，红红的，在风里摇晃着。这个火每天由参战军人团团员来点。门顶可以上去，乘电梯或爬石梯都成，石梯是二百七十三级。上面看，周围不下十二条林荫路，都辐辏到门下，宛然一个大车轮子。

刚果方场东北有四道大街衔接着，是巴黎最繁华的地方。大铺子差不多都在这一带，珠宝市也在这儿。各店家陈列窗里五花八门，五光十色，珍奇精巧，兼而有之，管保你走一天两天看不完，也看不倦。步道上人挨挨凑凑，常要躲闪着过去。电灯一亮，更不容易走。街上“咖啡”东一处西一处的，沿街安着座儿，有点儿像北平中山公园里的茶座儿。客人慢慢地喝着咖啡或别的，慢慢地抽烟，看来往的人。“咖啡”本是法国的玩意儿，巴黎差不多每道街都有，怕是比那儿都多。巴黎人喝咖啡几乎成了癖，就像我国南方人爱上茶馆。“咖啡”里往往备有纸笔，许多人都在那儿写信，还有人让“咖啡”收信，简直当作自己的家。文人画家更爱坐“咖啡”，他们爱的是无拘无束，容易会朋友，高谈阔论。爱写信固然可以写信，爱作诗也可以作诗。大诗人魏尔仑（Verlaine）的诗，据说少有不在“咖啡”里写的。坐“咖啡”也有派别。一来“咖啡”是熟的好，二来人是熟的好。久而久之，某派人坐某“咖啡”便成了自然之势。这所谓派，当然指文人艺术家而言。一个人独自去坐“咖啡”，偶尔一回，也许不是没有意思，常去却未免寂寞得慌。这也与我国南方人上茶馆一样。若是外国人而又不懂话，那就更可不必去。巴黎最大的“咖啡”有三个，却都在左岸。这三座“咖啡”名字里都含着“圆圆的”意思，都是文人艺术家荟萃的地方。里面装饰满是新派。其中一家，电灯壁画满是立体派，据说这些画全出于名家之手。另一家据说时常陈列着当代画家的作品，待善价而沽之。坐“咖啡”之外还有站“咖啡”，却有点像我国南方的喝柜台酒。这种“咖啡”大概小些。柜台长长的，客人围着要吃的喝的。吃喝都便宜些，为的是不用多伺候你，你吃喝也比较不舒服些。站“咖啡”的人脸向里，没有什么看的，大概吃喝完了就走。但也有人用胳膊肘儿斜靠在柜台上，半边身子偏向外，写意地眺望，谈天儿。巴黎人吃早点，多半在“咖啡”里。普通是一杯咖啡，两三个月芽饼就够了，不像英国人吃得那么多。月芽饼是一种面包，月牙形，酥而软，趁热吃最香。法国人本会烘面包，这一种不但好吃，而且好看。

卢森堡花园也在左岸，因卢森堡宫而得名。宫建于十七世纪初年，曾用作监狱，现在是上议院。花园甚大。里面有两座大喷水，背对背紧挨着。其一是梅迭契喷水，雕刻的是亚西司（Acis）与加拉台亚（Galatea）的故事。巨人波力非摩司（Polyphamos）爱加拉台亚。他晓得她喜欢亚西司，便向他头上扔下一块大石头，将他打死。加拉台亚无法使亚西司复活，只将他变成一道河水。这个故事用在一座喷水上，倒有些远意。园中绿树成行，浓荫满地，白石雕像极多，也有铜的。巴黎的雕像真如家常便饭。花园南头，自成一局，是一条荫道。最南头，天文台前面又是一座喷水，中央四个力士高高地扛着四限仪，下边环绕着四对奔马，气象雄伟得很。这是卡波（Carpeaus，十九世纪）所作。卡波与罗特同为写实派，所作以形线柔美著。

沿着塞纳河南的河墙，一带旧书摊儿，六七里长，也是左岸特有的风光。有点像北平东安市场里旧书摊儿。可是背景太好了。河水终日悠悠地流着，两头一眼望不尽。左边卢浮宫，右边圣母堂，古香古色的。书摊儿黯黯的，低低的，窄窄的一溜，一小格儿一小格儿，或连或断，可没有东安市场里的大。摊上放着些破书，旁边小凳子上坐着掌柜的。到时候将摊儿盖上，锁上小铁锁就走。这些情形也活像东安市场。

铁塔在巴黎西头，塞纳河东岸，高约一千英尺，算是世界上最高的塔。工程艰难浩大，建筑师名爱非尔（Eiffel），也称为爱非尔塔。全塔用铁骨造成，如网状，空处多于实处，轻便灵巧，亭亭直上，颇有戈昔式的余风。塔基占地十七亩，分三层。头层离地一百八十六英尺，二层三百七十七英尺，三层九百二十四英尺，连顶九百八十四英尺。头二层有"咖啡"、酒馆及小摊儿等。电梯步梯都有，电梯分上下两厢，一厢载直上直下的客人，一厢载在头层停留的客人。最上层却非用电梯不可。那梯口常常拥挤不堪。壁上贴着"小心扒手"的标语，收票人等嘴里还不住地唱道，"小心呀！"这一段儿走得可慢极，大约也是"小心"吧。最上层只有卖纪念品的摊儿和一些问心机。这种问心机欧洲各游戏场中常见：是些小铁箱，一箱管一事。放一个钱进去，便可得到回答。回答若干条是印好的，指针所停止的地方就是专答你。也有用电话回答的。譬如你要问流年，便向流年箱内投进钱去。这实在是一种开心的玩意儿。这层还专设一信箱，寄的信上盖铁塔形邮戳，好让亲友们留作纪念。塔上最宜远望，全巴黎都在眼下。但尽是密匝匝的房子，只觉应接不暇而无苍茫之感。塔上满缀着电灯，晚上便是种种广告，在暗夜里这种明妆倒值得一番领略。隔河是特罗卡代罗（Trocadéro）大厦，有道桥笔直地通着。这所大厦是为一八七八年的博览会造的。中央圆形，圆窗圆顶，两支高高的尖塔分列顶侧，左右翼是新月形的长房。下面许多级台阶，阶下一个大喷水池，也是圆的。大厦前是公园，铁塔下也是的，一片空阔，一片绿。所以大厦远看近看都显出雄巍巍的。大厦的正厅可容五千人。它的大在横里，铁塔的大在直里。一横一直，恰好称得住。

歌剧院在右岸的闹市中。门墙是威尼斯式，已经乌暗暗的，走近前细看，才见出上面精美的雕饰。下层一排七座门，门间都安着些小雕像。其中罗特的《舞群》，最有血有肉，有情有力。罗特是写实派作家，所以如此。但因为太生动了，当时有些人还见不惯：一八六九年这些雕像揭幕的时候，一个宗教狂的人，趁夜里悄悄地向这群像上倒了一瓶墨水。这件事传开了，然而罗特却因此成了一派。院里的楼梯以宏丽著名。全用大理石，又白，又滑，又宽，栏杆是低低儿的。加上罗马式圆拱门，一对对爱翁匿克式石柱，雕像上的电灯烛，真是堆花簇锦一般。那一片电灯光像海，又像月，照着你缓缓走上梯去。幕间休息的时候，大家都离开座儿各处走。这儿休息的时间特别长，法国人乐意趁这闲工夫在剧院里散散步，谈谈话，来一点吃的喝的。休息室里散步的人最多。这是一间顶长顶高的大厅，华丽的灯光淡淡地布满了一屋子。一边是成排的落地长窗，一边是几座高大的门，墙上略略有些装饰，地下铺着毯子。屋里空落落的，客人穿梭般来往。太太小姐们大多穿着各色各样的晚服，露着脖子和膀子。“衣香鬓影”，这里才真够味儿。歌剧院是国家的，只演古典的歌剧，间或也演队舞（Ballet），总是堂皇富丽的玩意儿。

国葬院在左岸。原是巴黎护城神圣也奈韦夫（St. Geneviéve）的教堂，大革命后，一般思想崇拜神圣不如崇拜伟人了，于是改为这个，后来又改回去两次，一八五五年才算定了。伏尔泰，卢梭，雨果，左拉，都葬在这里。院中很为宽宏，高大的圆拱门，架着些圆顶，都是罗马式。顶上都有装饰的图案和画。中央的穹隆顶高二百七十二英尺，可以上去。院中壁上画着法国与巴黎的历史故事，名笔颇多。沙畹（Puvisde Chavannes，十九世纪）的便不少。其中《圣也奈韦夫俯视着巴黎城》一幅，正是月圆人静的深夜，圣还独对着油盏火，她似乎有些倦了，慢慢踱出来，凭栏远望，全巴黎城在她保护之下安睡了，瞧她那慈祥和蔼一往情深的样子。圣也奈韦夫于五世纪初年，生在离巴黎二十四里的囊台儿村（Nanterre）里。幼时听圣也曼讲道，深为感悟。圣也曼也说她根器好，着实勉励了一番。后来她到巴黎，尽力于救济事业。五世纪中叶，匈奴将来侵巴黎，全城震惊。她力劝人民镇静，依赖神明，颇能教人相信。匈奴到底也没有成。以后巴黎真经兵乱，她于救济事业加倍努力。她活了九十岁。晚年倡议在巴黎给圣彼得与圣保罗修一座教堂。动工的第二年，她就死了。等教堂落成，却发现她已葬在里头，此外还有许多奇异的传说。因此这座教堂只好作为奉祀她的了。这座教堂便是现在的国葬院。院的门墙是希腊式，三角楣下，一排哥林斯式的石柱。院旁有圣爱的昂堂，不大。现在是圣也奈韦夫埋灰之所。祭坛前的石刻花屏极华美，是十六世纪的东西。

左岸还有伤兵养老院。其中兵甲馆，收藏废弃的武器及战利品。有一间满悬着三色旗，屋顶上正悬着，两壁上斜插着，一面挨一面的。屋子很长，一进去但觉千层百层鲜明的彩色，静静地交映着。院有穹隆顶，高三百四十英尺，直径八十六英尺，造于十七世纪中，优美庄严，胜于国葬院的。顶下原是一个教堂，拿破仑墓就在这里。堂外有宽大的台阶儿，有多力克式与哥林斯式石柱。进门最叫你舒服的是那屋里的光。那是从染色玻璃窗射下来的淡淡的金光，软得像一股水。堂中央一个窖，圆的，深二十英尺，直径三十六英尺，花岗石柩居中，十二座雕像环绕着，代表拿破仑重要的战功，像间分六列插着五十四面旗子，是他的战利品。堂正面是祭坛，周围许多龛堂，埋着王公贵人。一律圆拱门，地上嵌花纹，窖中也这样。拿破仑死在圣海仑岛，遗嘱愿望将骨灰安顿在塞纳河旁，他所深爱的法国人民中间。待他死后十九年，一八四零，这愿望才达到了。

塞纳河里有两个小洲，小到不容易觉出。西头的叫城洲，洲上两所教堂是巴黎的名迹。洲东的圣母堂更为煊赫。堂成于十二世纪，中间经过许多变迁，到十九世纪中叶重修，才有现在的样子。这是“装饰的戈昔式”建筑的最好的代表。正面朝西，分三层。下层三座尖拱门。这种门很深，门圈儿是一棱套着一棱的，越往里越小，棱间与门上雕着许多大像小像，都是《圣经》中的人物。中层是窗子，两边的尖拱形，分雕着亚当夏娃像，中央的浑圆形，雕着“圣处女”像。上层是栏杆。最上两座钟楼，各高二百二十七英尺，两楼间露出后面尖塔的尖儿，一个伶俐瘦劲的身影。这座塔是勒丢克（Viellet ie Duc，十九世纪）所造，比钟楼还高五十八英尺，但从正面看，像一般高似的，这正是建筑师的妙用。朝南还有一个旁门，雕饰也繁密得很。从背后看，左右两排支墙（Buttress）像一对对的翅膀，作飞起的势子。支墙上虽也有些装饰，却不为装饰而有。原来戈昔式的房子高，窗子大，墙的力量支不住那些石头的拱顶，因此非从墙外想法不可。支墙便是这样来的。这是戈昔式的致命伤，许多戈昔式建筑容易圮毁，正是为此。堂里满是彩绘的高玻璃窗子，阴森森的，只看见石柱子，尖拱门，肋骨似的屋顶。中间神堂，两边四排廊路，周围三十七间龛堂，像另自成个世界。堂中的讲坛与管风琴都是名手所作。歌队座与牧师座上的动植物木刻，也以精工著。戈昔式教堂里雕绘最繁，其中取材于教堂所在地的花果的尤多。所雕绘的大抵以近真为主。这种一半为装饰，一半也为教导，让那些不识字的人多知道些事物，作用和百科全书差不多。堂中有宝库，收藏历来珍贵的东西，如金龛，金十字架之类，灿烂耀眼。拿破仑于一八零四年在这儿加冕，那时穿的长袍也陈列在这个库里。北钟楼许人上去，可以看见墙角上石刻的妖兽，奇丑怕人，俯视着下方，据说是吐溜水的。雨果写过《巴黎圣母堂》一部小说，所叙是四百年前的情形，有些还和现在一样。

圣龛堂在洲西头，是全巴黎戈昔式建筑中之最美丽者。罗斯金更说是"北欧洲最珍贵的一所戈昔式"。在一二三八那一年，"圣路易"王听说君士坦丁皇帝包尔温将"棘冠"押给威尼斯商人，无力取赎，"棘冠"已归商人们所有，急得什么似的。他要将这件无价之宝收回，便异想天开地在犹太人身上加了一种“苛捐杂税”。过了一年，“棘冠”果然弄回来，还得了些别的小宝贝，如“真十字架”的片段等等。他这一乐非同小可，命令某建筑师造一所教堂供奉这些宝物，要造得好，配得上。一二四五年起手，三年落成。名建筑家勒丢克说，“这所教堂内容如此复杂，花样如此繁多，活儿如此利落，材料如此美丽，真想不出在那样短的时期里如何成功的。”这样两个龛堂，一上一下，都是金碧辉煌的。下堂尖拱重叠，纵横交互，中央拱抵而阔，所以地方并不大而极有开朗之势。堂中原供的“圣处女”像，传说灵迹甚多。上堂却高多了，有彩绘的玻璃窗子十五堵，窗下沿墙有龛，低得可怜相。柱上相间地安着十二使徒像，有两尊很古老，别的都是近世仿作。玻璃绘画似乎与戈昔艺术分不开，十三世纪后者最盛，前者也最盛。画法用许多颜色玻璃拼合而成，相连处以铅焊之，再用铁条夹住。着色有浓淡之别。淡色所以使日光柔和缥缈。但浓色的多，大概用深蓝作底子，加上点儿黄白与宝石红，取其衬托鲜明。这种窗子也兼有装饰与教导的好处，所画或为几何图案，或为人物故事。还有一堵“玫瑰窗”，是象征“圣处女”的。画是圆形，花纹都从中心分出。据说这堵窗是玫瑰窗中最亲切有味的，因为它的温暖的颜色比别的更接近看的人。但这种感想东方人不会有。这龛堂有一座金色的尖塔，是勒丢克造的。

毛得林堂在刚果方场之东北，造于近代。形式仿希腊神庙，四面五十二根哥林斯式石柱，围成一个廊子。壁上左右各有一排大龛子，安着群圣的像。堂里也是一行行同式的石柱，却使用各种颜色的大理石，华丽悦目。圣心院在巴黎市外东北方，也是近代造的，至今还未完成，堂在一座小山的顶上，山脚下有两道飞阶直通上去。也通索子铁路。堂的规模极宏伟，有四个穹隆顶，一个大的，带三个小的，都量卑赞廷式，另外一座方形高钟楼，里面的钟重二万九千斤。堂里能容八千人，但还没有加以装饰。房子是白色，台阶也是的，一种单纯的力量压得住人。堂高而大，巴黎周围若干里外便可看见。站在堂前的平场里，或爬上穹隆顶里，也可看个五六十里。造堂时工程浩大，单是打地基一项，就花掉约四百万元，因为土太松了，撑不住，根基要一直打到山脚下。所以有人半真半假地说，就是移了山，这教堂也不会倒的。

巴黎博物院之多，真可算甲于世界。就这一桩儿，便可教你流连忘返。但须徘徊玩索才有味，走马看花是不成的。一个行色匆匆的游客，在这种地方往往无可奈何。博物院以卢浮宫（Louvre）为最大，这是就全世界论，不单就巴黎论。卢浮宫在加罗塞方场之东，主要的建筑是口字形，南头向西伸出一长条儿。这里本是一座堡垒，后来改为王宫。大革命后，各处王宫里的画，宫苑里的雕刻，都保存在此，改为故宫博物院，自然是很顺当的。博物院成立后，历来的政府都尽力搜罗好东西放进去，拿破仑从各国“搬”来大宗的画，更为博物院生色不少。宫房占地极宽，站在那方院子里，颇有海阔天空的意味。院子里养着些鸽子，成群地孤单地仰着头挺着胸在地上一步步地走，一点不怕人。撒些饼干面包之类，它们便都向你身边来。房子造得秀雅而庄严，壁上安着许多王公的雕像。熟悉法国历史的人，到此一定会发思古之幽情的。

卢浮宫好像一座宝山，蕴藏的东西实在太多，教人不知从哪儿说起好。画为最，还有雕刻，古物，装饰美术等等，真是琳琅满目。乍进去的人一时摸不着头脑，往往弄得糊里糊涂。就中最脍炙人口的有三件。一是达·芬奇的《蒙娜丽莎》像，大约作于一五零五年前后，是觉孔达（Joconda）夫人的画像。相传达·芬奇这幅像画了四个年头，因为要那甜美的微笑的样子，每回“临像”的时候，总请些乐人弹唱给她听，让她高高兴兴坐着。像画好了，他却爱上她了。这幅画是佛兰西司第一手里买的，他没有准儿许认识那女人。一九一一年画曾被人偷走，但两年之后，到底从意大利找回来了。十六世纪中叶，意大利已公认此画为不可有二的画像杰作，作者在与造化争巧。画的奇处就在那一丝儿微笑上。那微笑太飘忽了，太难捉摸了，好像常常在变幻。这果然是个“奇迹”，不过也只是造型的“奇迹”罢了。这儿也有些理想在内，达·芬奇笔下夹带了一些他心目中的圣母的神气。近世讨论那微笑的可太多了。诗人，哲学家，有的是，他们都想找出点儿意义来。于是蒙娜丽莎成为一个神秘的浪漫的人了，她那微笑成为“人狮（Sphinx）的凝视”或“鄙薄的讽笑”了。这大概是她与达·芬奇都梦想不到的吧。

二是米罗（Milo）《爱神》像。一八二零年米罗岛一个农人发现这座像，卖给法国政府只卖了五千块钱。据近代考古家研究，这座像当作于纪元前一百年左右。那两只胳膊都没有了，它们是怎么个安法，却大大费了一班考古家的心思。这座像不但有生动的形态，而且有温暖的骨肉。她又强壮，又清明，单纯而伟大，朴真而不奇。所谓清明，是身心都健的表象，与麻木不同。这种作风颇与纪元前五世纪希腊巴昔农（Panthenon）庙的监造人，雕刻家费铁亚司（Phidias）相近。因此法国学者雷那西（S. Reinach，新近去世）在他的名著《亚波罗》（美术史）中相信这座像作于纪元前四世纪中。他并且相信这座像不是爱神微那司而是海女神安非特利特（Amphitrite），因为它没有细腻，缥缈，娇羞，多情的样子。三是沙摩司雷司（Samothrace）的《胜利女神像》。女神站在冲波而进的船头上，吹着一支喇叭。但是现在头和手都没有了，剩下翅膀与身子。这座像是还愿的。纪元前三零六年波立尔塞特司（Demetrius Poliorcetes）在塞勃勒司（Crpyus）岛打败了埃及大将陶来买（Ptolemy）的水师，便在沙摩司雷司岛造了这座像。衣裳雕得最好，那是一件薄薄的软软的衣裳，光影的准确，衣褶的精细流动，加上那下半截儿被风吹得好像弗弗有声，上半截儿却紧紧地贴着身子，很有趣地对照着。因为衣裳雕得好，才显出那筋肉的力量，那身子在摇晃着，在挺进着，一团胜利的喜悦的劲儿。还有，海风呼呼地吹着，船尖儿嗤嗤地响着，将一片碧波分成两条长长的白道儿。

卢森堡博物院专藏近代艺术家的作品。他们或新故，或还生存。这里比卢浮宫明亮得多。进门去，宽大的甬道两旁，满陈列着雕像等，里面却多是画。雕刻里有彭彭（Pompon）的《狗熊》与《水禽》等，真是大巧若拙。彭彭现在大概有七八十岁了，天天上动物园去静观禽兽的形态。他熟悉它们，也亲爱它们，所以做出来的东西神气活现，可是形体并不像照相一样地真切，他在天然的曲线里加上些小小的棱角，便带着点“建筑”的味儿。于是我们才看见新东西。那《狗熊》和实物差不多大，是石头的；那《水禽》等却小得可以供在案头，是铜的。雕像本有两种手法，一是干脆地砍石头，二是先用泥塑，再浇铜。彭彭从小是石匠，石头到他手里就像豆腐。他是巧匠而兼艺术家。动物雕像盛于十九世纪的法国，那时候动物园发达起来，供给艺术家观察，研究，描摹的机会。动物素描之成为画的一支，也从这时候起。院里的画受后期印象派的影响，找寻人物的“本色”（local colour），大抵是鲜明的调子。不注重画面的“体积”而注重装饰的效用。也有细心分别光影的，但用意还在找寻颜色，与印象派之只重光影不一样。

砖场花园的南犄角上有网球场博物院，陈列外国近代的画与雕像。北犄角上有奥兰纪利博物院，陈列的东西颇杂，有马奈（Manet，十九世纪法国印象派画家）的画与日本的浮世绘等。浮世绘的着色与构图给十九世纪后半法国画家极深的影响。摩奈（Monet）画院也在这里。他也是法国印象派巨子，一九二六年才过去。印象派兴于十九世纪中叶，正是照相机流行的时候。这派画家想赶上照相机，便专心致志地分别光影，他们还想赶过照相机，照相没有颜色而他们有。他们只用原色，所画的画近看但见一处处的颜色块儿，在相当的距离看，才看出光影分明的全境界。他们的看法是迅速的综合的，所以不重“本色”（人物固有的颜色，随光影而变化），不重细节。摩奈以风景画著于世，他不但是印象派，并且是露天画派（Pleinairiste）。露天画派反对画室里的画，因为都带着那黑影子，露天里就没有这种影子。这个画院里有摩奈八幅顶大的画，太大了，只好嵌在墙上。画院只有两间屋子，每幅画就是一堵墙，画的是荷花在水里。摩奈欢喜用蓝色，这几幅画也是如此。规模大，气魄厚，汪汪欲溢的池水，疏疏密密的乱荷，有些像在树荫下，有些像在太阳里。据内行说，这些画的章法，简直前无古人。

罗丹博物院在左岸。大战后罗丹的东西才收集在这里，已完成的不少，也有些未完成的。有群像，单像，胸像，有石膏仿本。还有画稿，塑稿。还有罗丹的遗物。罗丹是十九世纪雕刻大师，或称他为自然派，或称他为浪漫派。他有匠人的手艺，诗人的胸襟，他借雕刻来表现自己的情感。取材是不平常的，手法也是不平常的。常人以为美的，他觉得已无用武之地，他专找常人以为丑的，甚至于借重性交的姿势。又因为求表现的充分，不得不夸饰与变形。所以他的东西乍一看觉得“怪”，不是玩意儿。从前的雕刻讲究光洁，正是“裁缝不露针线迹”的道理，而浪漫派艺术家恰相反，故意要显出笔触或刀痕，让人看见他们在工作中情感激动的光景。罗丹也常如此。他们又多喜欢用塑法，因为泥随意些，那凸凸凹凹的地方，那大块儿小条儿，都可以看得清楚。

克吕尼馆（Cluny）收藏罗马与中世纪的遗物颇多，也在左岸。罗马时代执政的宫在这儿。后来法兰族诸王也住在这宫里。十五世纪的时候，宫毁了，克吕尼寺僧改建现在这所房子，作他们的下院，是“后期戈昔”与“文艺复兴”的混合式。法国王族来到巴黎，在馆里暂住过的，也很有些人。这所房子后来又归了一个考古家。他搜集了好些古董，死后由政府收买，并添凑成一万件。画，雕刻，木刻，金银器，织物，中世纪上等家具，瓷器，玻璃器，应有尽有。房子还保存着原来的样子。入门就如活在几百年前的世界里，再加上陈列的零碎的东西，触鼻子满是古气。与这个馆毗连着的是罗马时代的浴室，原分冷浴热浴等，现在只看见些残门断柱（也有原在巴黎别处的），寂寞地安排着。浴室外是园子，树间草上也散布着古代及中世纪巴黎建筑的一鳞一爪，其中"圣处女门"最秀雅。

此外巴黎美术院（即小宫），装饰美术院都是杂拌儿。后者中有一间扇室，所藏都是十八世纪的扇面，是某太太的遗赠。十八世纪中国玩意儿在欧洲颇风行，这也可见一斑。扇面满是西洋画，精工鲜丽，几百张中，只有一张中国人物，却板滞无生气。又有吉买博物院（Guimet），收藏远东宗教及美术的资料。伯希和取去敦煌的佛画，多数在这里。日本小画也有些。还有蜡人馆。据说那些蜡人做得真像，可是没见过那些人或他们的照相的，就感不到多大兴味，所以不如画与雕像。不过"隧道"里阴惨惨的，人物也代表着些阴惨惨的故事，却还可看。楼上有镜宫，满是镜子，顶上与周围用各色电光照耀，宛然千门万户，像到了万花筒里。

一九三二年春季的官“沙龙”在大宫中，顶大的院子里罗列着雕像，楼上下八十几间屋子满是画，也有些装饰美术。内行说，画像太多，真有“官”气。其中有安南阮某一幅，奖银牌，中国人一看就明白那是阮氏祖宗的影像。记得有个笑话，说一个贼混入人家厅堂偷了一幅古画，卷起夹在腋下。跨出大门，恰好碰见主人。那贼情急智生，便将画卷儿一扬，问道，“影像，要买吧？”主人自然大怒，骂了一声走进去。贼于是从容溜之乎也。那位安南阮某与此贼可谓异曲同工。大宫里，同时还有一个装饰艺术的“沙龙”，陈列的是家具，灯，织物，建筑模型等等，大都是立体派的作风。立体派本是现代艺术的一派，意大利最盛。影响大极了，建筑，家具，布匹，织物，器皿，汽车，公路，广告，书籍装订，都有立体派的份儿。平静，干脆，是古典的精神，也是这时代重理智的表现。在这个“沙龙”里看，现代的屋子内外都俨然是些几何的图案，和从前华丽的藻饰全异。还有一个“沙龙”，专陈列幽默画。画下多有说明。各画或描摹世态，或用大小文野等对照法，以传出那幽默的情味。有一幅题为《长褂子》，画的是夜宴前后客室中的景子：女客全穿短褂子，只有一人穿长的，大家的眼睛都盯着她那长出来的一截儿。她正在和一个男客谈话，似乎不留意。看她的或偏着身子，或偏着头，或操着手，或用手托着腮（表示惊讶），倚在丈夫的肩上，或打着看戏用的放大镜子，都是一副尴尬面孔。穿长褂子的女客在左首，左首共三个人，中央一对夫妇，右首三个女人，疏密向背都恰好，还点缀着些不在这一群里的客人。画也有不幽默的，也有太恶劣的，本来是幽默并不容易。

巴黎的坟场，东头以倍雷拉谢斯（Père Lachaise）为最大，占地七百二十亩，有二里多长。中间名人的坟颇多，可是道路纵横，找起来真费劲儿。阿培拉德与哀绿绮思两坟并列，上有亭子盖着，这是重修过的。王尔德的坟本葬在别处，死后九年，也迁到此场。坟上雕着个大飞人，昂着头，直着脚，长翅膀，像是合埃及的"狮人"与亚述的翅儿牛合而为一，雄伟飞动，与王尔德并不很称。这是英国当代大雕刻家爱勃司坦（Epstein）的巨作，钱是一位倾慕王尔德的无名太太捐的。场中有巴什罗米（Bartholomé）雕的一座纪念碑，题为《致死者》。碑分上下两层，上层中间是死门，进去的两个人倒也行无所事的，两侧向门走的人群却牵牵拉拉，哭哭啼啼，跌跌倒倒，不得开交似的。下层像是生者的哀伤。此外北头的蒙马特，南头的蒙巴那斯两坟场也算大。茶花女埋在蒙马特场，题曰一八二四年正月十五日生，一八四七年二月三日卒。小仲马，海涅也在那儿。蒙巴那斯场有圣白孚，莫泊桑，鲍特莱尔等，鲍特莱尔的坟与纪念碑不在一处，碑上坐着一个悲伤的女人的石像。

巴黎的夜也是老牌子。单说六个地方。非洲饭店带澡堂子，可以洗蒸气澡，听黑人浓烈的音乐，店员都穿着埃及式的衣服。三藩咖啡看“爵士舞”，小小的场子上一对对男女跟着那繁声促节直扭腰儿。最警动的是那小圆木筒儿，里面像装着豆子之类。不时地紧摇一阵子。圆屋听唱法国的古歌，一扇门背后的墙上油画着蹲着在小便的女人。红磨坊门前一架小红风车，用电灯做了轮廓线，里面看小戏与女人跳舞。这在蒙巴特区。蒙马特是流浪人的区域。十九世纪画家住在这一带的不少，画红磨坊的常有。塔巴林看女人跳舞，不穿衣服，意在显出好看的身子。里多在仙街，最大。看变戏法，听威尼斯夜曲。里多岛本是威尼斯娱乐的地方。这儿的里多特意砌了一个池子，也有一支“刚朵拉”，夜曲是男女对唱，不过意味到底有点儿两样。

巴黎的野色在波隆尼林与圣克罗园里才可看见。波隆尼林在西北角，恰好在塞因河河套中间，占地一万四千多亩，有公园，大路，小路，有两个湖，一大一小，都是长的，大湖里有两个洲，也是长的。要领略林子的好处，得闲闲地拣深僻的地儿走。圣克罗园还在西南，本有离宫，现在毁了，剩下些喷水和林子。林子里有两条道儿很好。一条渐渐高上去，从树里两眼望不尽，一条窄而长，漏下一线天光，远望路口，不知是云是水，茫茫一大片。但真有野味的还得数枫丹白露的林子。枫丹白露在巴黎东南，一点半钟的火车。这座林子有二十七万亩，周围一百九十里。坐着小马车在里面走，幽静如远古的时代。太阳光将树叶子照得透明，却只一圈儿一点儿地洒到地上。路两旁的树有时候太茂盛了，枝叶交错成一座拱门，低低的，远看去好像拱门那面另有一界。林子里下大雨，那一片沙沙沙沙的声音，像潮水，会把你心上的东西冲洗个干净。林中有好几处山峡，可以试腰脚，看野花野草，看旁逸斜出，稀奇古怪的石头，像枯骨，像刺猬。亚勃雷孟峡就是其一，地方大，石头多，又是忽高忽低，走起来好。

枫丹白露宫建于十六世纪，后经重修。拿破仑一八一四年临去爱而巴岛的时候，在此告别他的诸将。这座宫与法国历史关系甚多。宫房外观不美，里面却精致，家具等等也考究。就中侍从武官室与亨利第二厅最好看。前者的地板用嵌花的条子板，小小的一间屋，共用九百条之多。复壁板上也雕绘着繁细的花饰，炉壁上也满是花儿，挂灯也像花正开着。后者是一间长厅，其大少有。地板用了二万六千块，一色，嵌成规规矩矩的几何图案，光可照人。厅中间两行圆拱门。门柱下截镶复壁板，上截镶油画，楣上也画得满满的。天花板极意雕饰，金光耀眼。宫外有园子，池子，但赶不上凡尔赛宫的。

凡尔赛宫在巴黎西南，算是近郊。原是路易十三的猎宫，路易十四觉得这个地方好，便大加修饰。路易十四是所谓“上帝的代表”，凡尔赛宫便是他的庙宇。那时法国贵人多一半住在宫里，伺候王上。他的侍从共一万四千人，五百人伺候他吃饭，一百个贵人伺候他起床，更多的贵人伺候他睡觉。那时法国艺术大盛，一切都成为御用的，集中在凡尔赛和巴黎两处。凡尔赛宫里装饰力求富丽奇巧，用钱无数。如金漆彩画的天花板，木刻，华美的家具，花饰，贝壳与多用错综交会的曲线纹等，用意全在教来客惊奇：这便是所谓“罗科科式”（Rococo）。宫中有镜厅，十七个大窗户，正对着十七面同样大小的镜子。厅长二百四十英尺，宽三十英尺，高四十二英尺。拱顶上和墙上画着路易十四打胜德国，荷兰，西班牙的情形，画着他是诸国的领袖，画着他是艺术与科学的广大教主。近十几年来成为世界祸根的那和约便是一九一九年六月二十八那一天在这座厅里签的字。宫旁一座大园子，也是路易十四手里布置起来的。看不到头的两行树，有万千的气象。有湖，有花园，有喷水。花园一畦一个花样，小松树一律修剪成圆锥形，集法国式花园之大成。喷水大约有四十多处，或铜雕，或石雕，处处都别出心裁，也是集大成。每年五月到九月，每月第一星期日，和别的节日，都有大水法。从下午四点起，到处银花飞舞，雾气沾人，衬着那齐斩斩的树，软茸茸的草，觉得立着看，走着看，不拘怎么看总成。海龙王喷水池，规模特别大，得等五点半钟大水法停后，让它单独来二十分钟。有时晚上大放花炮，就在这里。各色的电彩照耀着一道道喷水。花炮在喷水之间放上去，也是一道道的，同时放许多，便氤氲起一团雾。这时候电光换彩，红的忽然变蓝的，蓝的忽然变白的，真真是一眨眼。

卢梭园在爱尔莽浓镇（Ermenonville），巴黎的东北，要坐一点钟火车，走两点钟的路。这是道地乡下，来的人不多。园子空旷得很，有种荒味。大树，怒草，小湖，清风，和中国的郊野差不多，真自然得不可言。湖里有个白杨洲，种着一排白杨树，卢梭坟就在那小洲上。日内瓦的卢梭洲在仿这个，可是上海式的街市旁来那么个洲子，总有些不伦不类。

一九三一年夏天，“殖民地博览会”开在巴黎之东的万散园（Vincennes）里。那时每日人山人海。会中建筑都仿各地的式样，充满了异域的趣味。安南庙七塔参差，峥嵘肃穆，最为出色。这些都是用某种轻便材料造的，去年都拆了。各建筑中陈列着各处的出产，以及民俗。晚上人更多，来看灯光与喷水。每条路一种灯，都是立体派的图样。喷水有四五处，也是新图样，有一处叫“仙人球”喷水，就以仙人球做底样，野拙得好玩儿。这些自然都用电彩。还有一处水桥，河两岸各喷出十来道水，凑在一块儿，恰好是一座弧形的桥，教人想着走上一个水晶的世界去。

一九三三年六月三十日作

威尼斯

朱自清

1931年8月，朱自清取道苏联赴欧洲游学，第二年7月，从威尼斯回国。回国后，他把在欧洲的所见所闻写成了《欧游杂记》和《伦敦杂记》两部散文游记。《威尼斯》就是《欢游杂记》的第一篇。文章以颇具特色的语言描述了威尼斯“水上之城”与“文化艺术之城”的两大特点。采用了风情与游踪双线交叠的手法，时而游踪，时而风物，分散重合，穿插交融，重构出一种和谐的美。

威尼斯（Venice）是一个别致地方。出了火车站，你立刻便会觉得；这里没有汽车，要到那儿，不是搭小火轮，便是雇“刚朵拉”（Gondola）。大运河穿过威尼斯像反写的S；这就是大街。另有小河道四百十八条，这些就是小胡同。轮船像公共汽车，在大街上走；“刚朵拉”是一种摇橹的小船，威尼斯所特有，它那儿都去。威尼斯并非没有桥；三百七十八座，有的是。只要不怕转弯抹角，那儿都走得到，用不着下河去。可是轮船中人还是很多，“刚朵拉”的买卖也似乎并不坏。

威尼斯是“海中的城”，在意大利半岛的东北角上，是一群小岛，外面一道沙堤隔开亚得利亚海。在圣马克方场的钟楼上看，团花簇锦似的东一块西一块在绿波里荡漾着。远处是水天相接，一片茫茫。这里没有什么煤烟，天空干干净净；在温和的日光中，一切都像透明的。中国人到此，仿佛在江南的水乡；夏初从欧洲北部来的，在这儿还可看见清清楚楚的春天的背影。海水那么绿，那么酽，会带你到梦中去。

威尼斯不单是明媚，在圣马克方场走走就知道。这个方场南面临着一道运河；场中偏东南便是那可以望远的钟楼。威尼斯最热闹的地方是这儿，最华妙庄严的地方也是这儿。除了西边，围着的都是三百年以上的建筑，东边居中是圣马克堂，却有了八九百年——钟楼便在它的右首。再向右是“新衙门”；教堂左首是“老衙门”。这两溜儿楼房的下一层，现在满开了铺子。铺子前面是长廊，一天到晚是来来去去的人。

紧接着教堂，直伸向运河去的是公爷府；这个一半属于小方场，另一半便属于运河了。

圣马克堂是方场的主人，建筑在十一世纪，原是卑赞廷式，以直线为主。十四世纪加上戈昔式的装饰，如尖拱门等；十七世纪又参入文艺复兴期的装饰，如阑干等。所以庄严华妙，兼而有之；这正是威尼斯人的漂亮劲儿。教堂里屋顶与墙壁上满是碎玻璃嵌成的画，大概是真金色的地，蓝色或红色的圣灵像。这些像做得非常肃穆。教堂的地是用大理石铺的，颜色花样种种不同。在那种空阔阴暗的氛围中，你觉得伟丽，也觉得森严。教堂左右那两溜儿楼房，式样各别，并不对称；钟楼高三百二十二英尺，也偏在一边儿。但这两溜房子都是三层，都有许多拱门，恰与教堂的门面与圆顶相称；又都是白石造成，越衬出教堂的金碧辉煌来。教堂右边是向运河去的路，是一个小方场，本来显得空阔些，钟楼恰好填了这个空子。好像我们戏里大将出场，后面一杆旗子总是偏着取势；这方场中的建筑，节奏其实是和谐不过的。十八世纪意大利卡那来陀（Canaletto）一派画家专画威尼斯的建筑，取材于这方场的很多。德国德莱司敦画院中有几张，真好。

公爷府里有好些名人的壁画和屋顶画，丁陶来陀（Tintoretto，十六世纪）的大画《乐园》最著名；但更重要的是它建筑的价值。运河上有了这所房子，增加了不少颜色。

这全然是戈昔式；动工在九世纪初，以后屡次遭火，屡次重修，现在的据说还是原来的式样。最好看的是它的西南两面；西面斜对着圣马克方场，南面正在运河上。在运河里看，真像在画中。它也是三层：下两层是尖拱门，一眼看去，无数的柱子。最下层的拱门简单疏阔，是载重的样子；上一层便繁密得多，为装饰之用；最上层却更简单，一根柱子没有，除了疏疏落落的窗和门之外，都是整块的墙面。墙面上用白的与玫瑰红的大理石砌成素朴的方纹，在日光里鲜明得像少女一般。威尼斯人真不愧著色的能手。这所房子从运河中看，好像在水里。下两层是玲珑的架子，上一层才是屋子；这是很巧的结构，加上那艳而雅的颜色，令人有惝恍迷离之感。府后有太息桥；从前一边是监狱，一边是法院，狱囚提讯须过这里，所以得名。拜伦诗中曾咏此，因而便脍炙人口起来，其实也只是近世的东西。

威尼斯的夜曲是很著名的。夜曲本是一种抒情的曲子，夜晚在人家窗下随便唱。可是运河里也有：晚上在圣马克方场的河边上，看见河中有红绿的纸球灯，便是唱夜曲的船。雇了“刚朵拉”摇过去，靠着那个船停下，船在水中间，两边挨次排着“刚朵拉”，在微波里荡着，像是两只翅膀。唱曲的有男有女，围着一张桌子坐，轮到了便站起来唱，旁边有音乐和着。曲词自然是意大利语，意大利的语音据说最纯粹，最清朗。听起来似乎的确斩截些，女人的尤其如此——意大利的歌女是出名的。音乐节奏繁密，声情热烈，想来是最流行的“爵士乐”。在微微摇摆的红绿灯球底下，颤着酽酽的歌喉，运河上一片朦胧的夜也似乎透出玫瑰红的样子。唱完几曲之后，船上有人跨过来，反拿着帽子收钱，多少随意。不愿意听了，还可摇到第二处去。这个略略像当年的秦淮河的光景，但秦淮河却热闹得多。

从圣马克方场向西北去，有两个教堂在艺术上是很重要的。一个是圣罗珂堂，旁边有一所屋子，墙上屋顶上满是画；楼上下大小三间屋，共六十二幅画，是丁陶来陀的手笔。屋里暗极，只有早晨看得清楚。丁陶来陀作画时，因地制宜，大部分只粗粗钩勒，利用阴影，教人看了觉得是几经琢磨似的。《十字架》一幅在楼上小屋内，力量最雄厚。佛拉利堂在圣罗珂近旁，有大画家铁沁（Titian，十六世纪）和近代雕刻家卡奴洼（Canova）的纪念碑。卡奴洼的，灵巧，是自己打的样子；铁沁的，宏壮，是十九世纪中叶才完成的。他的《圣处女升天图》挂在神坛后面，那朱红与亮蓝两种颜色鲜明极了，全幅气韵流动，如风行水上。倍里尼（Giovanni Bellini，十五世纪）的《圣母像》，也是他的精品。他们都还有别的画在这个教堂里。

从圣马克方场沿河直向东去，有一处公园；从一八九五年起，每两年在此地开国际艺术展览会一次。今年是第十八届；加入展览的有意，荷，比，西，丹，法，英，奥，苏俄，美，匈，瑞士，波兰等十三国，意大利的东西自然最多，种类繁极了；未来派立体派的图画雕刻，都可见到，还有别的许多新奇的作品，说不出路数。颜色大概鲜明，教人眼睛发亮；建筑也是新式，简截不罗嗦，痛快之至。苏俄的作品不多，大概是工农生活的表现，兼有沉毅和高兴的调子。他们也用鲜明的颜色，但显然没有很费心思在艺术上，作风老老实实，并不向牛犄角里寻找新奇的玩意儿。

威尼斯的玻璃器皿，刻花皮件，都是名产，以典丽风华胜，绛丝也不错。大理石小雕像，是著名大品的缩本，出于名手的还有味。

一九三二年七月十三日作。

（原载 1932 年 9 月 1 日《中学生》第 27 号）

罗　马

朱自清

《罗马》是《欧游杂记》中的一篇，写于 1932 年。作者以精雕细琢的语言，比喻、联想、对比等手法的巧妙运用，描写、抒情、议论的完美结合，将罗马的衰与兴完美地展现出来。

罗马（Rome）是历史上大帝国的都城，想像起来，总是气象万千似的。现在它的光荣虽然早过去了，但是从七零八落的废墟里，后人还可仿佛于百一。这些废墟，旧有的加上新发掘的，几乎随处可见，像特意点缀这座古城的一般。这边几根石柱子，那边几段破墙，带着当年的尘土，寂寞地陷在大坑里；虽然是夏天中午的太阳，照上去也黯黯淡淡，没有多少劲儿。就中罗马市场（Forum Romanum）规模最大。这里是古罗马城的中心，有法庭，神庙，与住宅的残迹。卡司多和波鲁斯庙的三根哥林斯式的柱子，顶上还有片石相连着；在全场中最为秀拔，像三个丰姿飘洒的少年用手横遮着额角，正在眺望这一片古市场。想当年这里终日挤挤闹闹的也不知有多少人，各有各的心思，各有各的手法；现在只剩三两起游客指手画脚地在死一般的寂静里。犄角上有一所住宅，情形还好；一面是三间住屋，有壁画，已模糊了，地是嵌石铺成的；旁厢是饭厅，壁画极讲究，画的都是正大的题目，他们是很看重饭厅的。市场上面便是巴拉丁山，是饱历兴衰的地方。最早是一个村落，只有些茅草屋子；罗马共和末期，一姓贵族聚居在这里；帝国时代，更是繁华。游人走上山去，两旁宏壮的住屋还留下完整的黄土坯子，可以见出当时阔人家的气局。屋顶一片平场，原是许多花园，总名法内塞园子，也是四百年前的旧迹；现在点缀些花木，一角上还有一座小喷泉。在这园子里看脚底下的古市场，全景都在望中了。

市场东边是斗狮场，还可以看见大概的规模；在许多宏壮的废墟里，这个算是情形最好的。外墙是一个大圆圈儿，分四层，要仰起头才能看到顶上。下三层都是一色的圆拱门和柱子，上一层只有小长方窗户和楞子，这种单纯的对照教人觉得这座建筑是整整的一块，好像直上云霄的松柏，老干亭亭，没有一些繁枝细节。里面中间原是大平场；中古时在这儿筑起堡垒，现在满是一道道颓毁的墙基，倒成了四不像。这场子便是斗狮场；环绕着的是观众的坐位。下两层是包厢，皇帝与外宾的在最下层，上层是贵族的；第三层公务员坐；最上层平民坐；共可容四五万人。狮子洞还在下一层，有口直通场中。斗狮是一种刑罚，也可以说是一种裁判：罪囚放在狮子面前，让狮子去搏他；他若居然制死了狮子，便是直道在他一边，他就可自由了。但自然是让狮子吃掉的多；这些人大约就算活该。想到临场的罪囚和他亲族的悲哀与恐怖，他的仇人的痛快，皇帝的威风，与一般观众好奇的紧张的面目，真好比一场恶梦。这个场子建筑在一世纪，原是戏园子，后来才改作斗狮之用。

斗狮场南面不远是卡拉卡拉浴场。古罗马人颇讲究洗澡，浴场都造得好，这一所更其华丽。全场用大理石砌成，用嵌石铺地；有壁画，有雕像，用具也不寻常。房子高大，分两层，都用圆拱门，走进去觉得稳稳的；里面金碧辉煌，与壁画雕像相得益彰。居中是大健身房，有喷泉两座。场子占地六英亩，可容一千六百人洗浴。洗浴分冷热水蒸汽三种，各占一所屋子。古罗马人上浴场来，不单是为洗澡；他们可以在这儿商量买卖，和解讼事等等，正和我们上茶店上饭店一般作用。这儿还有好些游艺，他们公余或倦后来洗一个澡，找几个朋友到游艺室去消遣一回，要不然，到客厅去谈谈话，都是很“写意”的。现在却只剩下一大堆遗迹。大理石本来还有不少，早给搬去造圣彼得等教堂去了；零星的物件陈列在博物院里。我们所看见的只是些巍巍峨峨参参差差的黄土骨子，站在太阳里，还有学者们精心研究出来的《卡拉卡拉浴场图》的照片，都只是所谓过屠门大嚼而已。

罗马从中古以来便以教堂著名。康南海《罗马游纪》中引杜牧的诗“南朝四百八十寺，多少楼台烟雨中”，光景大约有些相像的；只可惜初夏去的人无从领略那烟雨罢了。圣彼得堂最精妙，在城北尼罗圆场的旧址上。尼罗在此地杀了许多基督教徒。据说圣彼得上十字架后也便葬在这里。这教堂几经兴废，现在的房屋是十六世纪初年动工，经了许多建筑师的手。密凯安杰罗七十二岁时，受保罗第三的命，在这儿工作了十七年。后人以为天使保罗第三假手于这一个大艺术家，给这座大建筑定下了规模；以后虽有增改，但大体总是依着他的。教堂内部参照卡拉卡拉浴场的式样，许多高大的圆拱门稳稳地支着那座穹隆顶。教堂长六百九十六英尺，宽四百五十英尺，穹隆顶高四百零三英尺，可是乍看不觉得是这么大。因为平常看屋子大小，总以屋内饰物等为标准，饰物等的尺寸无形中是有谱子的。圣彼得堂里的却大得离了谱子，“天使像巨人，鸽子像老鹰”；所以教堂真正的大小，一下倒不容易看出了。但是你若看里面走动着的人，便渐渐觉得不同。教堂用彩色大理石砌墙，加上好些嵌石的大幅的名画，大都是亮蓝与朱红二色；鲜明丰丽，不像普通教堂一味阴沉沉的。密凯安杰罗雕的彼得像，温和光洁，别具一格，在教堂的犄角上。

圣彼得堂两边的列柱回廊像两只胳膊拥抱着圣彼得圆场；留下一个口子，却又像个玦。场中央是一座埃及的纪功方尖柱，左右各有大喷泉。那两道回廊是十七世纪时亚历山大第三所造，成于倍里尼（Pernini）之手。廊子里有四排多力克式石柱，共二百八十四根；顶上前后都有阑干，前面阑干上并有许多小雕像。场左右地上有两块圆石头，站在上面看同一边的廊子，觉得只有一排柱子，气魄更雄伟了。这个圆场外有一道弯弯的白石线，便是梵蒂冈与意大利的分界。教皇每年复活节站在圣彼得堂的露台上为人民祝福，这个场子内外据说是拥挤不堪的。

圣保罗堂在南城外，相传是圣保罗葬地的遗址，也是柱子好。门前一个方院子，四面廊子里都是些整块石头凿出来的大柱子，比圣彼得的两道廊子却质朴得多。教堂里面也简单空廓，没有什么东西。但中间那八十根花岗石的柱子，和尽头处那六根蜡石的柱子，纵横地排着，看上去仿佛到了人迹罕至的远古的森林里。柱子上头墙上，周围安着嵌石的历代教皇像，一律圆框子。教堂旁边另有一个小柱廊，是十二世纪造的。这座廊子围着一所方院子，在低低的墙基上排着两层各色各样的细柱子——有些还嵌着金色玻璃块儿。这座廊子精工可以说像湘绣，秀美却又像王羲之的书法。

在城中心的威尼斯方场上巍然蹯踞着的，是也马奴儿第二的纪功廊。这是近代意大利的建筑，不缺少力量。一道弯弯的长廊，在高大的石基上。前面三层石级：第一层在中间，第二三层分开左右两道，通到廊子两头。这座廊子左右上下都匀称，中间又有那一弯，便兼有动静之美了。从廊前列柱间看到暮色中的罗马全城，觉得幽远无穷。

罗马艺术的宝藏自然在梵蒂冈宫；卡辟多林博物院中也有一些，但比起梵蒂冈来就太少了。梵蒂冈有好几个雕刻院，收藏约有四千件，著名的《拉奥孔》(Laocon)便在这里。画院藏画五十幅，都是精品，拉飞尔的《基督现身图》是其中之一，现在却因修理关着。梵蒂冈的壁画极精彩，多是拉飞尔和他门徒的手笔，为别处所不及。有四间拉飞尔室和一些廊子，里面满是他们的东西。拉飞尔由此得名。他是乌尔比奴人，父亲是诗人兼画家。他到罗马后，极为人所爱重，大家都要教他画；他忙不过来，只好收些门徒作助手。他的特长在画人体。这是实在的人，肢体圆满而结实，有肉有骨头。这自然受了些佛罗伦司派的影响，但大半还是他的天才。他对于气韵，远近，大小与颜色也都有敏锐的感觉，所以成为大家。他在罗马住的屋子还在，坟在国葬院里。歇司丁堂与拉飞尔室齐名，也在宫内。这个神堂是十五世纪时歇司土司第四造的，长一百三十三英尺，宽四十五英尺。两旁墙的上部，都由佛罗伦司派画家装饰，有波铁乞利在内。屋顶的画满都是密凯安杰罗的，歇司丁堂著名在此。密凯安杰罗是佛罗伦司派的极峰。他不多作画，一生精华都在这里。他画这屋顶时候，以深沉肃穆的心情渗入画中。他的构图里气韵流动着，形体的勾勒也自然灵妙，还有那雄伟出尘的风度，都是他独具的好处。堂中祭坛的墙上也是他的大画，叫做《最后的审判》。这幅壁画是以后多年画的，费了他七年工夫。

罗马城外有好几处隧道，是一世纪到五世纪时候基督教徒挖下来做墓穴的，但也用作敬神的地方。尼罗搜杀基督教徒，他们往往避难于此。最值得看的是圣卡里斯多隧道。那儿还有一种热诚花，十二瓣，据说是代表十二使徒的。我们看的是圣赛巴司提亚堂底下的那一处，大家点了小蜡烛下去。曲曲折折的狭路，两旁是大大小小深深浅浅的墓穴；现在自然是空的，可是有时还看见些零星的白骨。有一处据说圣彼得住过，成了龛堂，壁上画得很好。别处也还有些壁画的残迹。这个隧道似乎有四层，占的地方也不小。圣赛巴司提亚堂里保存着一块石头，上有大脚印两个；他们说是耶稣基督的，现在供养在神龛里。另一个教堂也供着这么一块石头，据说是仿本。

缧绁堂建于第五世纪，专为供养拴过圣彼得的一条铁链子。现在这条链子还好好的在一个精美的龛子里。堂中周理乌司第二纪念碑上有密凯安杰罗雕的几座像；摩西像尤为著名。那种原始的坚定的精神和勇猛的力量从眉目上，胡须上，胳膊上，手上，腿上，处处透露出来，教你觉得见着了一个伟大的人。又有个阿拉古里堂，中有圣婴像。这个圣婴自然便是耶稣基督；是十五世纪耶路撒冷一个教徒用橄榄木雕的。他带它到罗马，供养在这个堂里。四方来许愿的很多，据说非常灵验；它身上密层层地挂着许多金银饰器都是人家还愿的。还有好些信写给它，表示敬慕的意思。

罗马城西南角上，挨着古城墙，是英国坟场或叫做新教坟场。这里边葬的大都是艺术家与诗人，所以来参谒来凭吊的意大利人和别国的人终日不绝。就中最有名的自然是十九世纪英国浪漫诗人雪莱与济兹的墓。雪莱的心葬在英国，他的遗灰在这儿。墓在古城墙下斜坡上，盖有一块长方的白石；第一行刻着“心中心”，下面两行是生卒年月，再下三行是莎士比亚《风暴》中的仙歌。

彼无毫毛损，
海涛变化之，
从此更神奇。

好在恰恰关合雪莱的死和他的为人。济兹墓相去不远，有墓碑，上面刻着道：

这座坟里是
英国一位少年诗人的遗体；
他临死时候，
想着他仇人们的恶势力，
痛心极了，叫将下面这一句话
刻在他的墓碑上：
“这儿躺着一个人，
他的名字是用水写的。”

末一行是速朽的意思；但他的名字正所谓“不废江河万古流”，又岂是当时人所料得到的。后来有人别作新解，根据这一行话做了一首诗，连济兹的小像一块儿刻铜嵌在他墓旁墙上。这首诗的原文是很有风趣的。

济兹名字好，
说是水写成；
一点一滴水，
后人的泪痕——
英雄枯万骨，
难如此感人。
安睡吧，
陈词虽挂漏，
高风自峥嵘。

这座坟场是罗马富有诗意的一角；有些爱罗马的人虽不死在意大利，也会遗嘱葬在这座“永远的城”的永远的一角里。

（原刊 1932 年 10 月 1 日《中学生》第 28 号）

青　岛

闻一多（1899—1946）

近代著名诗人、学者、民主战士。本名家骅。湖北浠水人。他是中国现代文学史上重要流派——新月派诗人。著有诗集《红烛》和《死水》。他对《周易》《庄子》和《楚辞》有极深的研究。《青岛》是一位诗人所写的散文，自然诗意浓厚，让青岛的春夏美景更加名满齐鲁。全文虽然只有一千多字，但形短态足；既写清写活了自然风神，又兼顾了历史与神话，拈重若轻，非等闲之人能为。

海船快到胶州湾时，远远望见一点青，在万顷的巨涛中浮沉，在右边崂山无数柱奇挺的怪峰，会使你忽然想起多少神仙的故事。进湾，先看见小青岛，就是先前浮沉在巨浪中的青点，离它几里远就是山东半岛最东的半岛——青岛。簇新的，整齐的楼屋，一座一座立在小小山坡上，笔直的柏油路伸展在两行梧桐树的中间，起伏在山冈上如一条蛇。谁信这个现成的海市蜃楼，一百年前还是个荒岛？

当春天，街市上和山野间密集的树叶，遮蔽着岛上所有的住屋，向着大海碧绿的波浪，岛上起伏的青梢也是一片海浪，浪下有似海底下神人所住的仙宫。但是在榆树丛荫，还埋着十多年前德国人坚伟的炮台，深长的甬道里你还可以看见那些地下室，那些被毁的大炮机，和墙壁上血涂的手迹。——欧战时这儿剩有五百德国兵丁和日本争夺我们的小岛，德国人败了，日本的太阳旗曾经一时招展全市，但不久又归还了我们。在青岛，有的是一片绿林下的仙宫和海水泱泱的高歌，不许人想到地下还藏着十多间可怕的暗窟，如今全毁了。

堤岸上种植无数株梧桐，那儿可以坐憩，在晚上凭栏望见海湾里千万只帆船的桅杆，远近一盏盏明灭的红绿灯漂在浮标上，那是海上的星辰。沿海岸处有许多伸长的山角，黄昏时潮水一卷一卷来，在沙滩上飞转，溅起白浪花，又退回去，不厌倦的呼啸。天空中海鸥逐向渔舟飞，有时间在海水中的大岩石上，听那巨浪撞击着岩石激起一两丈高的水花。

那儿再有伸出海面的站桥，却站着望天上的云，海天的云彩永远是清澄无比的，夕阳快下山，西边浮起几道鲜丽耀眼的光，在别处你永远看不见的。

过清明节以后，从长期的海雾中带回了春色，公园里先是迎春花和连翘，成篱的雪柳，还有好像白亮灯的玉兰，软风一吹来就憩了。四月中旬，奇丽的日本樱花开得像天河，十里长的两行樱花，蜿蜒在山道上，你在树下走，一举首只见樱花绣成的云天。樱花落了，地下铺好一条花蹊。接着海棠花又点亮了，还有踯躅在山坡下的“山踯躅”，丁香，红瑞木，天天在染织这一大张地毡。往山后深林里走去，每天你会寻见一条新路，每一条小路中不知是谁创制的天地。

到夏季来，青岛几乎是天堂了。双驾马车载人到汇泉浴场去，男的女的中国人和十方的异客，戴了阔边大帽，海边沙滩上，人像小鱼一般，暴露在日光下，怀抱中是薰人的咸风。沙滩边许多小小的木屋，屋外搭着伞篷，人全仰天躺在沙上，有的下海去游泳，踩水浪，孩子们光着身在海滨拾贝壳。街路上满是烂醉的外国水手，一路上胡唱。

但是等秋风吹起，满岛又回复了它的沉默，少有人行走，只在雾天里听见一种怪水牛的叫声，人说水牛躲在海角下，谁都不知道在哪儿。

杭　州

郁达夫（1896—1945）

中国现代小说家、散文家。浙江富阳人，创造社主要成员之一。抗日战争时期，在香港南洋群岛一带从事抗日宣传活动。1945 年 9 月被日本宪兵杀害。主要作品有《沉沦》《春风沉醉的晚上》《她是一个弱女子》《故都的秋》《过去》《迟桂花》《怀鲁迅》等。本文写于 1933 年 4 月作者从上海迁居杭州之后。从四千年前的泽国，吴越的战场，南宋的都城，到当时歌舞喧天的五省通衢，讲述了杭州都会的形成。更用大量的篇幅，分析杭州人的性格，讲述杭州风俗的历史变迁。

杭州的出名，一大半是为了西湖。而人工的建设，都会的形成，初则是由于唐末五代，武肃王钱镠（西历十世纪初期）的割据东南，——“隋朝特创立此郡城，仅三十六里九十步；后武肃钱王，发民丁与十三寨军卒，增筑罗城，周围七十里许。……”（吴自牧《梦粱录》卷七）——再则是由于南宋建炎三年（一一二九），高宗的临安驻跸，奠定国都。至若唐白乐天与宋苏东坡的筑堤导水，原也有功于杭郡人民，可是仅仅一位醉酒吟诗携妓的郡守的力量，无论如何，也是不能和帝王匹敌的。

据说，杭州的杭字，是因“禹末年，巡会稽至此，舍航登陆，乃名杭，始见于文字。”（柴虎臣著《杭州沿革大事考》）因之，我们可以猜想，禹以前，杭州总还是一个泽国。而这一个四千余年的泽国，后来为越为吴，也为吴越的战场，为东汉的浙江，为三国吴的富春，为晋的吴郡，为隋唐的杭州，两为偏安国都，迭为省治，现在并且成了东南五省交通的孔道，歌舞喧天，别庄满地，简直又要恢复南宋当时的首都旧观了。

我的来住杭州，本不是想上西湖来寻梦，更不是想弯强弩来射潮；不过妻杭人也，雅擅杭音，父祖富春产也，歌哭于斯，叶落归根，人穷返里，故乡鱼米较廉，借债亦易，——今年可不敢说，——屋租尤其便宜，铩羽归来，正好在此地偷安苟活，坐以待亡。搬来住后，岁月匆匆，一眨眼间，也已经住了一年有半了。朋友中间晓得我的杭州住址者，于春秋佳日，旅游西湖之余，往往肯命高轩来枉顾。我也因独处穷乡，孤寂得可怜，我朋友自远方来，自然喜欢他们谈谈旧事，说说杭州。这么一来，不几何时，大家似乎已经把我看成了杭州的管钥，山水的东家；《中学生》杂志编者的特地写信来要我写点关于杭州的文章，大约原因总也在于此。

关于杭州一般的兴废沿革，有《浙江通志》《杭州府志》《仁钱县志》诸大部的书在；关于杭州的掌故，湖山的史迹等等，也早有了光绪年间钱塘丁申、丁丙两氏编刻的《武林掌故丛编》《西湖集览》，与新旧《西湖志》《湖山便览》以及诸大书局大文豪的西湖游记或西湖游览指南诸书，可作参考；所以在这里，对这些，我不想再来饶舌，以虚费纸面和读者的光阴。第一，我觉得还值得一写，而对于读者，或者也不至于全然没趣的，是杭州人的性格；所以，我打算先从“杭州人”讲起。

第一个杭州人，究竟是哪里来的？这杭州人种的起源问题，怕同先有鸡蛋呢还是先有鸡一样，就是叫达尔文从阴司里复活转来，也很不容易解决。好在这些并非是我们的主题，故而假定当杭州这一块陆土出水不久，就有些野蛮的，好渔猎的人来住了，这些蛮人，我们就姑且当他们是杭州人的祖宗。吴越国人，一向是好战、坚忍、刻苦、猜忌而富于巧智的。自从用了美人计，征服了姑苏以来，兵事上虽则占了胜利，但民俗上却吃了大亏；喜斗、坚忍、刻苦之风，渐渐地消灭了，倒是猜忌、使计诸官能，逐步发达了起来。其事经楚威王、秦始皇、汉高帝等的挞伐，杭州人就永远处入了被征服者的地位，隶属在北方人的胯下。三国纷纷，孙家父子崛起，国号曰吴，杭州人总算又吐了一口气，这一口气，隐忍过隋唐两世，至钱武肃王而吐尽；不久南宋迁都，固有的杭州人的骨里，混入了汴京都的人士的文弱血球，于是现在的杭州人的性格，就此决定了。

意志的薄弱，议论的纷纭；外强中干，喜撑场面；小事机警，大事糊涂；以文雅自夸，以清高自命；只解欢娱，不知振作等等，就是现在的杭州人的特性；这些，虽然是中国一般人的通病，但是看来看去，我总觉得以杭州人为尤甚。所以由外乡人说来，每以为杭州人是最狡猾的人，狡猾得比上海滩上的滑头还要厉害。但其实呢，杭州人只晓得占一点眼前的小利小名，暗中在吃大亏，可是不顾到的。等到大亏吃了，杭州人还要自以为是，自命为直，无以名之，名之曰“杭铁头”以自慰自欺。生性本是勤而且俭的杭州人，反以为勤俭是倒霉的事情，是贫困的暴露，是与面子有关的，所以父母教子弟的第一个原则，就是教他们游惰过日，摆大少爷的架子。等空壳大少爷的架子学成，父母年老，财产荡尽的时候，这些大少爷们在白天，还要上西湖去逛逛，弄件把长衫来穿穿，饿着肚皮而高使着牙签；到了晚上上黑暗的地方去跪着讨饭，或者扒点东西，倒满不在乎，因为在黑暗人家看不见，与面子还是无关，而大少爷的架子却不可不摆。至于做匪做强盗呢，却不会，决不会，杭州人并不是没有这个胆量，但杀头的时候要反绑着手去游街示众，与面子有关；最勇敢的杭州人，亦不过做做小窃而已。

惟其是如此，所以现在的杭州人，就永远是保有着被征服的资格的人；风雅倒是风雅，浅薄的知识也未始没有，小名小利，一着也不肯放松，最厉害的尤其是一张嘴巴。外来的征服者，征服了杭州人后，过不上三代，就也成了杭州人了，于是剃头者人亦剃其头，几十年后，仍复要被新的征服者来征服。照例类推，一年一年的下去。现在残存在杭州的固有杭州老百姓，计算起来，怕已经不上十个指头了。

人家说这是因为杭州的山水太秀丽的缘故。西湖就像是一位“二八佳人体似酥”的狐狸精，所以杭州决出不出好子弟来。这话哩，当然也含有着几分真理。可是日本的山水，秀丽处远在杭州之上；瑞士我不晓得，意大利的风景画片我们总也时常看见的罢，何以外国人都可以不受着地理的限制，独有杭州人会陷入这一个绝境去的呢？想来想去，我想总还是教育的不好。杭州的家庭教育，社会教育，学校教育，总非要彻底的改革一下不可。

其次是该讲杭州的风俗了；岁时习俗，显露在外表的年中行事，大致是与江南各省相通的；不过在杭州像婚丧喜庆等事，更加要铺张一点而已。关于这一方面，同治年间有一位钱塘的范月桥氏，曾做过一册《杭俗遗风》，写得比较详细，不过现在的杭州风俗，细看起来，还是同南宋吴自牧在《梦粱录》里所说的差仿不多，因为杭州人根本还是由那个时候传下来，在那个时候改组过的人。都会文化的影响，实在真大不过。

一年四季，杭州人所忙的，除了死生两件大事之外，差不多全是为了空的仪式；就是婚丧生死，一大半也重在仪式。丧事人家可以出钱去雇人来哭，喜事人家也有专门说好话的人雇在那里借讨彩头。祭天地、祀祖宗、拜鬼神等等，无非是为了一个架子；甚至于四时的游逛，都列在仪式之内，到了时候，若不去一定的地方走一遭，仿佛是犯了什么大罪，生怕被人家看不起似的。所以明朝的高濂，做了一部《四时幽赏录》，把杭州人在四季中所应做的闲事，详细列叙了出来。现在我只教把这四时幽赏的简目，略抄一下，大家就可晓得吴自牧所说的"临安风俗，四时奢侈，赏观殆无虚日"的话的不错了。

一、春时幽赏：孤山月下看梅花，八卦田看菜花，虎跑泉试新茶，西溪楼啖煨笋，保俶塔看晓山，苏堤看桃花，等等。

二、夏时幽赏：苏堤看新绿，三生石谈月，飞来洞避暑，湖心亭采莼，等等。

三、秋时幽赏：满家巷赏桂花，胜果寺望月，水乐洞雨后听泉，六和塔夜玩风潮，等等。

四、冬时幽赏：三茅山顶望江天雪霁，西溪道中玩雪，雪后镇海楼观晚炊，除夕登吴山看松盆，等等。

将杭州人的坏处，约略在上面说了之后，我却终觉不得不对杭州的山水，再来一两句简单的批评。西湖的山水，若当盆景来看，好处也未始没有，就是在它的比盆景稍大一点的地方。若要在西湖近处看山的话，那你非要上留下向西向南再走二三十里路不行。从余杭的小和山走到了午潮山顶，你向四面一看，就有点可以看出浙西山脉的大势来了。天晴的时候，西北你能够看得见天目，南面脚下的横流一线，东下海门，就是钱塘江的出口，龛赭二山，小得来像天文镜里的游星。若嫌时间太费，脚力不继的话，那至少你也该坐车下江干，过范村，上五云头去看看隔岸的越山，与钱塘江上游的不断的峰峦。况且五云山足，西下是云栖，竹木清幽；地方实在还可以。从五云山向北若沿郎当岭而下天竺，在岭脊你就可以看到西岭下梅家坞的别有天地，与东岭下西湖全面的镜样的湖光。

若要再近一点，来玩西湖，我觉得南山终胜于北山，凤凰山胜果寺的荒凉远大，比起灵隐、葛岭来，终觉回味要浓厚一点。

还有北面秦亭山法华山下的西溪一带呢，如花坞秋雪庵，茭芦庵等处，散疏雅逸之致，原是有的，可是不懂得南画，不懂得王维、韦应物的诗意的人，即使去看了，也是毫无所得的。

离西湖十余里，在拱宸桥的东首，地当杭州的东北，也有一簇山脉汇聚在那里。俗称“半山”的皋亭山，不过因近城市而最出名，讲到景致，则断不及稍东的黄鹤峰，与偏北的超山。况且超山下居民，以植果木为业，旧历二月初，正月底边的大明堂外（吴昌硕的坟旁）的梅花，真是一个奇观，俗称“香雪海”的这个名字，觉得一点儿也不错。

此外还有关于杭州的饮食起居的话，我不是做西湖旅行指南的人，在此地只好不说了。

南　京

朱自清

《南京》发表于1934年10月1日《中学生》第48号，是朱先生1934年8月12日所作。本文是作者众多散文中较为著名的一篇游记散文，文中通过炼音、炼词、炼句等修辞方式，抒发了对南京的怀古与赞美之情。

南京是值得留连的地方，虽然我只是来来去去，而且又都在夏天。也想夸说夸说，可惜知道的太少；现在所写的，只是一个旅行人的印象罢了。

逛南京像逛古董铺子，到处都有些时代侵蚀的遗痕。你可以摩挲，可以凭吊，可以悠然遐想；想到六朝的兴废，王谢的风流，秦淮的艳迹。这些也许只是老调子，不过经过自家一番体贴，便不同了。所以我劝你上鸡鸣寺去，最好选一个微雨天或月夜。在朦胧里，才酝酿着那一缕幽幽的古味。你坐在一排明窗的豁蒙楼上，吃一碗茶，看面前苍然蜿蜒着的台城。台城外明净荒寒的玄武湖就像大涤子的画。豁蒙楼一排窗子安排得最有心思，让你看的一点不多，一点不少。寺后有一口灌园的井，可不是那陈后主和张丽华躲在一堆儿的“胭脂井”。那口胭脂井不在路边，得破费点工夫寻觅。井栏也不在井上；要看，得老远地上明故宫遗址的古物保存所去。

从寺后的园地，拣着路上台城；没有垛子，真像平台一样。踏在茸茸的草上，说不出的静。夏天白昼有成群的黑蝴蝶，在微风里飞；这些黑蝴蝶上下旋转地飞，远看像一根粗的圆柱子。城上可以望南京的每一角。这时候若有个熟悉历代形势的人，给你指点，隋兵是从这角进来的，湘军是从那角进来的，你可以想像异样装束的队伍，打着异样的旗帜，拿着异样的武器，汹汹涌涌地进来，远远仿佛还有哭喊之声。假如你记得一些金陵怀古的诗词，趁这时候暗诵几回，也可印证印证，许更能领略作者当日的情思。

从前可以从台城爬出去，在玄武湖边；若是月夜，两三个人，两三个零落的影子，歪歪斜斜地挪移下去，够多好。

现在可不成了，得出寺，下山，绕着大弯儿出城。七八年前，湖里几乎长满了苇子，一味地荒寒，虽有好月光，也不大能照到水上；船又窄，又小，又漏，教人逛着愁着。这几年大不同了，一出城，看见湖，就有烟水苍茫之意；船也大多了，有藤椅子可以躺着。水中岸上都光光的；亏得湖里有五个洲子点缀着，不然便一览无余了。这里的水是白的，又有波澜，俨然长江大河的气势，与西湖的静绿不同，最宜于看月，一片空蒙，无边无界。若在微醺之后，迎着小风，似睡非睡地躺在藤椅上，听着船底汩汩的波响与不知何方来的箫声，真会教你忘却身在那里。五个洲子似乎都局促无可看，但长堤宛转相通，却值得走走。湖上的樱桃最出名。据说樱桃熟时，游人在树下现买，现摘，现吃，谈着笑着，多热闹的。

清凉山在一个角落里，似乎人迹不多。扫叶楼的安排与豁蒙楼相仿佛，但窗外的景象不同。这里是滴绿的山环抱着，山下一片滴绿的树；那绿色真是扑到人眉宇上来。若许我再用画来比，这怕像王石谷的手笔了。在豁蒙楼上不容易坐得久，你至少要上台城去看看。在扫叶楼上却不想走；窗外的光景好像满为这座楼而设，一上楼便什么都有了。夏天去确有一股“清凉”味。这里与豁蒙楼全有素面吃，又可口，又贱。

莫愁湖在华严庵里。湖不大，又不能泛舟，夏天却有荷花荷叶。临湖一带屋子，凭栏眺望，也颇有远情。莫愁小像，在胜棋楼下，不知谁画的，大约不很古吧；但脸子开得秀逸之至，衣褶也柔活之至，大有“挥袖凌虚翔”的意思；若让我题，我将毫不踌躇地写上“仙乎仙乎”四字。另有石刻的画像，也在这里，想来许是那一幅画所从出；但生气反而差得多。这里虽也临湖，因为屋子深，显得阴暗些；可是古色古香，阴暗得好。诗文联语当然多，只记得王湘绮的半联云：“莫轻他北地胭脂，看艇子初来，江南儿女无颜色。”气概很不错。所谓胜棋楼，相传是明太祖与徐达下棋，徐达胜了，太祖便赐给他这一所屋子。太祖那样人，居然也会做出这种雅事来了。左手临湖的小阁却敞亮得多，也敞亮得好。有曾国藩画像，忘记是谁横题着“江天小阁坐人豪”一句。我喜欢这个题句，“江天”与“坐人豪”，景象阔大，使得这屋子更加开朗起来。

秦淮河我已另有记。但那文里所说的情形，现在已大变了。从前读《桃花扇》《板桥杂记》一类书，颇有沧桑之感；现在想到自己十多年前身历的情形，怕也会有沧桑之感了。前年看见夫子庙前旧日的画舫，那样狼狈的样子，又在老万全酒栈看秦淮河水，差不多全黑了，加上巴掌大，透不出气的所谓秦淮小公园，简直有些厌恶，再别提做什么梦了。贡院原也在秦淮河上，现在早拆得只剩一点儿了。民国五年父亲带我去看过，已经荒凉不堪，号舍里草都长满了。父亲曾经办过江南闱差，熟悉考场的情形，说来头头是道。他说考生入场时，都有送场的，人很多，门口闹嚷嚷的。天不亮就点名，搜夹带。大家都归号。似乎直到晚上，头场题才出来，写在灯牌上，由号军扛着在各号里走。所谓“号”，就是一条狭长的胡同，两旁排列着号舍，口儿上写着什么天字号，地字号等等的。每一号舍之大，恰好容一个人坐着；从前人说是像轿子，真不错。几天里吃饭，睡觉，做文章，都在这轿子里；坐的伏的各有一块硬板，如是而已。官号稍好一些，是给达官贵人的子弟预备的，但得补褂朝珠地入场，那时是夏秋之交，天还热，也够受的。父亲又说，乡试时场外有兵巡逻，防备通关节。场内也竖起黑幡，叫鬼魂们有冤报冤，有仇报仇；我听到这里，有点毛骨悚然。现在贡院已变成碎石路；在路上走的人，怕很少想起这些事情的了吧？

明故宫只是一片瓦砾场，在斜阳里看，只感到李太白《忆秦娥》的“西风残照，汉家陵阙”二语的妙。午门还残存着，遥遥直对洪武门的城楼，有万千气象。古物保存所便在这里，可惜规模太小，陈列得也无甚次序。明孝陵道上的石人石马，虽然残缺零乱，还可见泱泱大风；享殿并不巍峨，只陵下的隧道，阴森袭人，夏天在里面待着，凉风沁人肌骨。这陵大概是开国时草创的规模，所以简朴得很；比起长陵，差得真太远了。然而简朴得好。

雨花台的石子，人人皆知；但现在怕也捡不着什么了。那地方毫无可看。记得刘后村的诗云：“昔年讲师何处在，高台犹以‘雨花’名。有时宝向泥寻得，一片山无草敢生。”我所感的至多也只如此。还有，前些年南京枪决囚人都在雨花台下，所以洋车夫遇见别的车夫和他争先时，常说，“忙什么！赶雨花台去！”这和从前北京车夫说“赶菜市口儿”一样。现在时移势异，这种话渐渐听不见了。

燕子矶在长江里看，一片绝壁，危亭翼然，的确惊心动魄。但到了上边，逼窄污秽，毫无可以盘桓之处。燕山十二洞，去过三个。只三台洞层层折折，由幽入明，别有匠心，可是也年久失修了。

南京的新名胜，不用说，首推中山陵。中山陵全用青白两色，以象征青天白日，与帝王陵寝用红墙黄瓦的不同。假如红墙黄瓦有富贵气，那青琉璃瓦的享堂，青琉璃瓦的碑亭却有名贵气。从陵门上享堂，白石台阶不知多少级，但爬得够累的；然而你远看，决想不到会有这么多的台阶儿。这是设计的妙处。德国波慈达姆无愁宫前的石阶，也同此妙。享堂进去也不小；可是远处看，简直小得可以，和那白石的飞阶不相称，一点儿压不住，仿佛高个儿戴着小尖帽。近处山角里一座阵亡将士纪念塔，粗粗的，矮矮的，正当着一个青青的小山峰，让两边儿的山紧紧抱着，静极，稳极。——谭墓没去过，听说颇有点丘壑。中央运动场也在中山陵近处，全仿外洋的样子。全国运动会时，也不知有多少照相与描写登在报上；现在是时髦的游泳的地方。

若要看旧书，可以上江苏省立图书馆去。这在汉西门龙蟠里，也是一个角落里。这原是江南图书馆，以丁丙的善本书室藏书为底子；词曲的书特别多。此外中央大学图书馆近年来也颇有不少书。中央大学是个散步的好地方。宽大，干净，有树木；黄昏时去兜一个或大或小的圈儿，最有意思。后面有个梅庵，是那会写字的清道人的遗迹。这里只是随宜地用树枝搭成的小小的屋子。庵前有一株六朝松，但据说实在是六朝桧；桧阴遮住了小院子，真是不染一尘。

南京茶馆里干丝很为人所称道。但这些人必没有到过镇江，扬州，那儿的干丝比南京细得多，又从来不那么甜。我倒是觉得芝麻烧饼好，一种长圆的，刚出炉，既香，且酥，又白，大概各茶馆都有。咸板鸭才是南京的名产，要热吃，也是香得好；肉要肥要厚，才有咬嚼。但南京人都说盐水鸭更好，大约取其嫩，其鲜；那是冷吃的，我可不知怎样，老觉得不大得劲儿。

敦煌游记

张恨水（1895—1967）

中国章回小说家，鸳鸯蝴蝶派代表作家，被尊称为现代文学史上的“章回小说大家”。民国时期通俗文学的代表人物，同时还是优秀的报人。主要作品有《春明外史》《金粉世家》《啼笑因缘》《巴山夜雨》等。此篇《敦煌游记》，虽是游述，更带着娓语的味道，总是引人入胜，让人产生一种似曾相识的亲切感觉。

敦煌，是中国在海禁未开，通西方的大道。离县城十几公里路，自北魏以来，经过隋唐五代宋元以及清，都把沙石崖上凿了好多佛洞，就叫千佛洞。到敦煌千佛洞去参观，那不是太容易的事。因为千佛洞没有旅馆，没有吃喝，晚上还没有被盖，这些东西，事前都要好好地准备。因为到千佛洞去，经过沙漠，动不动好几十里没有人烟，借也没有地方借去。我们把一切东西，都已准备得很好，因之没有问题。谈千佛洞先谈外表。我们汽车经过上千里的沙漠，我们左右回顾，全是白茫茫的不毛之地，车轮下面，也是沙漠和鹅卵石子。后来汽车司机说是到了，我们看见有一个山头，也是光秃秃的。可是那沙山突然中断，弯成一个口子。口子里却是白杨罗列，把它变成树林，这就是千佛洞了。

我们由树林穿过，挨着山边走。这就看到山壁上，开了好多洞口，有的山壁上开了极大的敞式洞门。里面塑着很多的佛，还是穿着五色斑斓的法衣。有的洞门悬在半空，修起一股栈道。有的俯伏山底，大门洞开。总而言之，满山壁上，全是洞子，有一公里长哩。白杨，我们看来，不算稀奇。可是树在这里，便是稀奇之物。这里的白杨，有五六丈高，而且不带旁的树，因为旁的树，越发不易生长了。

这里两边都是小山，中间夹了一条干河，也变成沙漠了。口外自东到西，是一条大沙漠，在千佛洞对过，这山名叫鸣沙山。这里的山，都是积沙，内中藏着鹅卵石。自然，这山上不长树木，也不长草。事倒奇怪，这里凿壁却雕塑许多佛像。还有一事，从前西域僧人，每到傍晚，却见鸣沙山金光万道，就说这里是佛地了。

千佛洞是笼统的一个名词，要论起名之初，那倒真有千余个佛窟。这多年以来，佛窟就屡次倒坏。尤其是明朝，嘉峪关以外，就视同化外，倒坏之处更多。所以到现在，真正的佛洞，只有四百六十九个。这四百多洞子，探纪如下：魏窟三十二个、隋窟九十个、唐窟二百零六个，五代窟三十二个，宋窟一百零三个，西夏窟三个，元窟八个，清窟五个。这么多佛窟，先看哪一个呢？后来决定，先请这里人，带我们先看一个大致，回头就看各人的嗜好，你要对哪个洞子有兴趣，就看哪一个洞子吧。

我们把佛窟看了，这里画得怎么样，以及塑得怎么样，我们自觉程度浅，还谈不到，不过这里有众人必须知道的，我们谈一点。

第一，是三尊大佛。鸣沙山对过有七层屋檐，都是亭台楼阁的模样，你稍微站得远一些看，像真的一样。其实这是嵌在石壁上的，就是屋檐小一点吧。走进洞去，也是很大一间殿宇，可是石壁都没有图画。朝里一些，只看到一件袍子的下角，怎么悬下来，我们还不能望见。挨着袍子边，朝上看去，是洞内凿成七层高的佛窟。这高的窟，就是里边光立着一尊佛像。这佛身披着袈裟，模样十分和气。这是一位释迦牟尼的像，佛像有华尺十丈高（三十三公尺），除了云冈石佛而外，恐怕也没有其他地方的佛像可以相比吧？洞为盛唐时代所造，总共费了一十三年功夫，可想这是何等伟大。至于身上所披的袈裟，以及衣服里外面，涂饰的颜色，也还半新，这不知是原来的颜色呢，或者是后代重修的，但观看颜料的配合，决计不是近代的。

第二，也是一尊如来佛。出洞往北走，中有一门牌为一三〇号，这大门是封锁了，我们走旁门进去，进去之后，上了盘梯两层，有楼，佛像刚到一半。这里向西开有极大的窗户，凭窗观看，佛像共有二十五公尺，把以前那种大佛来比，小了一丈多，其余，所制无甚分别，也是盛唐年制。

第三，是一尊卧佛像，在这一列佛窟的尽头，是一个西夏制的佛窟。西夏为拓跋氏。当年割据称帝，宋朝打了好多年仗，总灭不掉他。一度建都横山县，后都宁夏，割有陕西边境，蒙古自治区、甘肃西北。他建立这样一个洞头，自然要看上一看。

洞在浮沙上，先立了一个庙门。进门，站着几尊神像，都有威武之气。最奇怪的，凡胸上或者手上，都盘弄着或者擒拿着一条蛇，这不晓得是何意义。外有两只狮子，作跳跃状而且昂起头，这越发不解了。观后入洞，洞内，为一张睡榻，两头都不空，上面睡了如来佛。身子有两丈多长。睡容为一手长垂，覆盖着在自己左腿之上。一手托着自己的右额，双目微闭，似睡未睡，这个像塑得很是不坏。身后站立七十二弟子，其像高不过二尺，环立在如来佛身边，都没有快乐样子。

这洞画的供奉人，衣服及鞋帽与汉人有什么分别没有，我本想研究一下。但是壁上像只有尺把高，看起来，男人长衣方巾，女人也是长衣，脑上挽了一个圆髻。洞中又很阴暗，可说一无所得。

我们谈完三尊大佛，就对洞子也谈上一谈，当然这不过是百分之一而已。先说北魏的洞子，假如我们为了立刻就看到的话，穿过杨树林，这里有一座古牌坊，上面题了字，曰古汉桥。穿过牌坊去，有坡子，两旁有木栏杆，因为这坡子相当的陡。这里佛洞，就一个挨着一个，而且上下都是一样，最多的洞子，有上下五层。所以走这坡子，就越过两层佛洞，方才到达我们所要到的佛窟。这才第一看见北魏窟。这里所谓北魏，不是曹丕的魏，是晋朝已不能守北方，交与魏国。那魏国拓跋氏，建都洛阳，北几省的地盘，差不多都归了他。洞里有几尊佛像，是何时代出品，还不能定。至于壁上画的壁画，那确是魏朝人的手笔。它这画一律是粗线条，眼睛画两个圈圈，嘴上画一撇，这就是眼睛和嘴。但是画得好，画得刚刚就像嘴和眼睛。其余身上有脱赤膊的，也画几根粗线条，将上下一钩，就两条胳膊出现，这个完全以旷野表示。

离开这里，两边佛窟都可以相通的。不过佛窟，有大小不同。有大的，有我们屋子四五倍大，照样是雕格玲珑。小的呢，那就只好容一人在里面。因为这是当年供奉人供奉着佛，就打一佛窟，供奉人有的钱多，就打大些，有的钱少，那就小得只容一个人。但是虽然大小不同，供佛都是一样，所以佛的香案上，至少有三尊佛像。我跑了许多洞子，有的低着头，一翻身就是一洞，有的就如同进了庙里一样，十分宽大。

我们以朝代而论，先就论到隋朝佛窟。隋佛窟中佛像的衣服，花纹很少，佛像有时呆板一点，不过所画的供奉人，都长袍大袖，那就不是魏佛窟所配的人像，是旷野一流了。而且不但衣服花纹很少，那折纹也少得很。隋朝在中国虽是统一了江南江北，但是年数很短，还没有在艺术上表现特点。

回头就论到唐朝了。唐朝在画上是两个特点，一个是盛唐，一个是晚唐。盛唐画法，只是堂皇富丽，晚唐的画法，却甚细致。本来唐朝佛窟这层也有的，只是求几幅代表作，还是向底下去看，经过了底下靠北几个佛窟，这就到了几个盛唐时代的代表作的洞子。这里有一个佛有半座佛堂那样大，上面有五尊佛像，塑法都十分自然。尤其居中一个，对人嘻嘻地笑。至于所穿衣服，这都有细细的波纹。画人像方面，自然只能代表唐时候的人。男子头戴乌纱，身披着长袍，异常宽大。至于女的头发，都是头上梳一个圆圆的发髻，束在头顶当中，外穿一件半长的长袍子，下面露着裙子尺把多长。这个时候，都是天脚，鞋子前面，一个平头。手里提着香炉，但香炉不是现在的香炉，像个熨衣服的熨斗。提了一只柄，上面还有一个圆盖。至于十三四岁的姑娘，头发左边梳一圆髻，右边梳一根辫子，横过来塞在小圆髻之下。此外，一把遮阳伞，伞的样子，也和五十年前的万民伞差不多，但是它的伞柄不同，就是伞下伞柄约有尺把长，稍微弯弯一曲，那阴处恰盖在前面人的身上。这虽不足代表唐朝的全部，然而这总可以表示一点点吧？

至于五代画，我看到与唐朝尚无分别。到了宋朝，这个佛窟的作风，又是一变。我曾参观许多佛窟，所塑的佛像貌，以及衣服，又觉得稍花一点。但是所塑的像，那精神没有以前的好。所有供奉人都是长袍要瘦些。唐朝供奉人，大的画得比我们人还高，至于宋朝大的也不过两尺高，小的就几寸高了。

下降元清两代，我匆匆看过一遍，无甚可言。再就佛的画像说，画着的多是佛家故事，都在佛窟两边墙上，这本是极好的故事画，但大半均已模糊。我们细细观看，这里分成舍身喂虎，得道成佛等等。这些故事，尽管是佛出世的事情，但我们可以当作参考资料，了解古来的生活。比如说，我们没有凳椅座位，这画里，就有些比桌椅还矮的桌子，供奉鲜果，这就可以想到古来堂屋是怎样一个模样。又比如说，我们从前牛车马车是怎样的坐法。这画里，画得也有。所画的牛车马车，比桌面还要大，比桌子还要高，人盘了腿坐在上面，这也可以想到我们古来马车是怎样坐法了。所以这些古董虽然还是古董，但翻开历史，比没有参考，那总要好得多。

敦煌要谈的事情是很多，这仅是我草草勾画出的一个轮廓。

长安行

——考古游记之一

郑振铎（1898—1958）

出生于浙江温州，原籍福建长乐。中国现代杰出的爱国主义者和社会活动家、作家、诗人、学者、文学评论家、文学史家、翻译家、艺术史家，也是著名的收藏家、训诂家。著有专著《文学大纲》《俄国文学史略》《中国文学论集》《中国俗文学史》等，短篇小说集《家庭的故事》《取火者的逮捕》《桂公塘》，散文集《佝偻集》《欧行日记》《山中杂记》《海燕》等，译著《沙宁》《血痕》《灰色马》《新月集》《飞鸟集》《印度寓言》等。从本文中我们能够领略到长安的深厚文化积淀。

住的地方，恰好在开陕西省先进生产者代表会议，碰到了不少位在各个生产战线上的先进工作者的代表们，个个红光满面，喜气洋洋，看得出是蕴蓄着无限的信心与决心，蕴蓄着无穷的克服任何困难的力量。社会主义的工业建设是一日千里地在进展着，眼看见的将是一个崭新的大西安城，一个空前的宏大的工业城市。灰色的破落的西安，将一去不复返。我想，明年今天再来时，将很难认识现在的街道了。许多久住在这个古城里的朋友们和我一同出城一趟，便说：“变得多了，已经连道路也认不出来了。前几个月来时，哪里有那么多的建筑物！新房子叫人连方向也辨不清了。”的确，这最年轻的工业城市，就建筑在一座中国最古老的文化城市的基础上。

说起长安，谁不联想到秦皇、汉武来，谁不联想到司马相如和司马迁就在这里写出他们的不朽的大作品来，谁不联想到李白、杜甫、王维、韩愈、白居易、杜牧来，他们的许多伟大的诗篇就是在这里吟成的。站在少陵原上的杜公祠远眺樊川，一水如带，绕着以浓绿浅绿的麦苗和红萍霞的正大放着的杏花，组成绝大的一幅锦绣的高高低低的大原野，那里就是韦曲、杜曲的所在，也就是一个大学的新址的所在。杜甫的家宅还有痕迹可找到么？每一寸土，每一个清池的遗迹，都可以有它们诗般的美丽的故事给人传诵。相隔不太远的地方，就是蓝田县，就是辋川，也就是有名的诗人兼画家的王维所留恋久住的地方，就是有名的《辋川图》，和裴迪联吟的“诗中有画，画中有诗”的地方。从少陵原再过去，就是兴教寺的所在了。那是三藏法师玄奘的埋骨之地，一座高塔建筑在他的墓地上，旁有二塔，较小，那是他的大弟子圆测和窥基的基塔，关于窥基曾流传过很美丽而凄恻的一段故事。这个地方的风景很好，远望终南山白云环绕，唐代的诗人们曾经产生出许多诗的想象来。

站在长安城的中心——钟楼的最高层上，向北看是大冢累累的高原。刘邦、吕雉的坟，以及他们的子孙的坟都在那里，晓雾初消的时候，构成了一幅像烽火台密布似的沧荒的奇景。向南向东望，是烟囱林立，扑扑突突地尽往天空上吐烟，仿佛蕴蓄着无限的热与力，就在那儿，十分重要的仰韶文化（新石器时代）遗址是相当完整地被保存着。再向东望，隐隐约约地可指出骊山的影子来，秦始皇帝就埋身其下，华清池依旧是最好的温泉之一。七月七夕，唐明皇和杨贵妃站在那里私誓“在天愿为比翼鸟，在地愿为连理枝”的长生殿也就在那里。向南望，双塔屹立，尖细若春笋的是小雁塔，壮崛而稳坐在那里似的是大雁塔。终南山在依稀仿佛之间。新建筑的密密层层的一幢幢的高楼大厦，密布在那里。向西望，那就是周文王、武王的奠立帝国的根据地丰京和镐京遗址所在地。灵台和灵囿的残迹还可寻找呢。读着《诗经》，读着《孟子》，不禁神往于这些古老的地方了。就在这些最古老的地方，新的建筑物和工厂，纷纷地被布置在丰水的两岸。还可望到汉代的昆明池，大的石雕的牛郎、织女像还站在那里，隔着水遥遥相望呢。——当地称为石公、石婆，并各有庙。

没有一个城市比之今天的西安，更为显著地糅合着“古”与“今”的了。在没有一寸土没有历史的古老文化的基础上，建立起了新的社会主义工业和新的社会主义文化。新的长安城，毫无疑问地，将比汉唐盛世的长安城，更加扩大，更加繁华。点缀在这个新的工业大城市里的是处处都可遇到的赫赫有名的名胜古迹和古墓葬、古文化遗址。从新石器时代的仰韶文化起，中国历史的整整大半部，是在这个大都城里演出的。它就是历史的本身，就是历史的具体例证。这些，将永远不会埋灭。社会主义社会里的人民都知道将怎样保护自己的光荣的古老的文化和其遗存物。在林林总总的大工厂附近，在大的研究机构和学校的左右，有一处两处甚至许多处的古迹名胜或古墓葬或古代文化遗址，将相得益彰，而绝对不会显得有什么“不调和”。他们在休假日，将成群结队地去参观半坡村的仰韶遗址，那是四千多年以前的原始社会人民的居住区域。他们看到那些圆形的、方形的住宅，葬小孩子的瓮棺。他们看到那个时代的艺术家们，怎样在红色陶器的上面画出活泼泼两条鱼在张开大嘴追逐着，画出几只鹿在飞奔着，画出一个圆圆的大脸，却在双耳之旁加画了两条小鱼，仿佛要钻进人的耳朵里去。他们看到那时候人民所用的钓鱼钩、渔叉、渔网坠。他们会想象得到：在那个时候，半坡这地方是多水的、多鱼的——那时候的人从事农业生产，但似以捕鱼为副业。他们看到骨制的鱼钩，已经发明了“倒钩”，会惊诧于那时的人民的智慧的高超的。他们将远足旅行到汉武帝的茂陵去。在那里，会看见围绕着那个大土台，有多少赫赫的名臣、名将的墓。霍去病、卫青、霍光都埋葬在那里，还有李夫人的墓也紧挨着。在那里，还可以捡拾得到汉砖、汉瓦的残片。霍去病墓的石刻，正确地明白地代表了汉武帝那个伟大时代的伟大的艺术创作。现存着十一个石刻，除了两个鱼的雕刻——似是建筑的附属物——还在墓顶上外，其他九个石刻都已经盖了游廊，好好地保护起来。谁看了卧牛和卧马，特别是那一匹后腿卧地而前蹄挣扎着将起立的马，能不为其“力”与“威”震慑住呢！那块“熊抱子”的石头，虽只是线刻，而不曾透雕，但也能把子母熊的感情表达出来。那两千多年前的中国雕刻家们的作品，是和希腊、罗马的雕刻不同的，是别具一种民族风格、是世界上最高超的艺术品之一部分。谁能为这些石刻写几部大书出来呢？有机会站在那里，带着崇高的欣赏之心，默默地端详着它们的人们，是幸福的！他们还将到华清池去，过个十分愉快的休沐日。他们还将到唐高宗的乾陵去，欣赏盛唐时代的石刻，一整列的石人、石马，一对鸵鸟、一对飞马，还有拱手而立的许多酋长、番王的石像（可惜都缺了头），都值得看了又看，看个心满意足。长安城的内外，是有那么多的名胜古迹，足资流连，足以考古，足以证史的地方啊。一时是诉说不尽的。韦曲、杜曲、王曲以及曲江池、樊川等古人游乐之地，今天只要稍加疏浚，也就可以成为十分漂亮的人民公园。我想不久的将来，我们就会看到那个宏伟而美丽的大公园在长安城南出现的。“古”与“今”，古老的文化和社会主义的工业建设，结合得如此的巧妙，如此的吻合无间，正足以表现我们中国是一个很古老的国家，同时又是一个很年轻的国家。不仅西安市是如此，全国范围内的许多城市也都是同样地把“古”与“今”结合起来的，而西安市是一个特别突出的、值得特别提起的一个典型的好例子。

1957 年 1 月

第二章　旅行的美好

身居何处不紧要，心往何方最重要，大师们以诗意的文字，带领我们去往世界各处，用眼看世界，用心思考世界与成长：去领略那晃荡着蔷薇色的历史的秦淮河的滋味；去印度Ganges河边来诠释诗人的爱情理想；跟随朱自清的脚步，去丈量莱因河的悠悠岁月……给予我们一颗足够开阔富足、容纳世界的内心。

桨声灯影里的秦淮河

朱自清

本文是作者与友人俞平伯同游秦淮河时所作的散文，这篇文章记叙的是夏夜泛舟秦淮河的见闻感受。作者将自己的感情与思绪，融合在风景描写技巧中，使读者真切地感受到作者的思想感情。这篇文章标志着“五四”散文创作所达到的艺术成就。

一九二三年八月的一晚，我和平伯同游秦淮河，平伯是初泛，我是重来了。我们雇了一只“七板子”，在夕阳已去，皎月方来的时候，便下了船。于是桨声汩——汩，我们开始领略那晃荡着蔷薇色的历史的秦淮河的滋味了。

秦淮河里的船，比北京万甡园、颐和园的船好，比西湖的船好，比扬州瘦西湖的船也好。这几处的船不是觉着笨，就是觉着简陋、局促，都不能引起乘客们的情韵，如秦淮河的船一样。秦淮河的船约略可分为两种：一是大船；二是小船，就是所谓“七板子”。大船舱口阔大，可容二三十人。里面陈设着字画和光洁的红木家具，桌上一律嵌着冰凉的大理石面。窗格雕镂颇细，使人起柔腻之感。窗格里映着红色蓝色的玻璃，玻璃上有精致的花纹，也颇悦人目。“七板子”规模虽不及大船，但那淡蓝色的栏杆，空敞的舱，也足系人情思。而最出色处却在它的舱前。舱前是甲板上的一部。上面有弧形的顶，两边用疏疏的栏杆支着。里面通常放着两张藤的躺椅。躺下，可以谈天，可以望远，可以顾盼两岸的河房。大船上也有这个，便在小船上更觉清隽罢了。舱前的顶下，一律悬着灯彩，灯的多少，明暗，彩苏的精粗，艳晦，是不一的。但好歹总还你一个灯彩。这灯彩实在是最能钩人的东西。夜幕垂垂地下来时，大小船上都点起灯火。从两重玻璃里映出那辐射着的黄黄的散光，反晕出一片朦胧的烟霭，透过这烟霭，在黯黯的水波里，又逗起缕缕的明漪。在这薄霭和微漪里，听着那悠然的间歇的桨声，谁能不被引入他的美梦去呢？只愁梦太多了，这些大小船儿如何载得起呀？我们这时模模糊糊的谈着明末的秦淮河的艳迹，如《桃花扇》及《板桥杂记》里所载的。我们真神往了。我们仿佛亲见那时华灯映水，画舫凌波的光景了。于是我们的船便成了历史的重载了。我们终于恍然秦淮河的船所以雅丽过于他处，而又有奇异的吸引力的，实在是许多历史的影象使然了。

秦淮河的水是碧阴阴的，看起来厚而不腻，或者是六朝金粉所凝么？我们初上船的时候，天色还未断黑，那漾漾的柔波是这样的恬静，委婉，使我们一面有水阔天空之想，一面又憧憬着纸醉金迷之境了。等到灯火明时，阴阴的变为沉沉了：黯淡的水光，像梦一般，那偶然闪烁着的光芒，就是梦的眼睛了。我们坐在舱前，因了那隆起的顶棚，仿佛总是昂着首向前走着似的，于是飘飘然如御风而行的我们，看着那些自在的湾泊着的船，船里走马灯般的人物，便像是下界一般，迢迢的远了，又像在雾里看花，尽朦朦胧胧的。这时我们已过了利涉桥，望见东关头了。沿路听见断续的歌声：有从沿河的妓楼飘来的，有从河上船里渡来的。我们明知那些歌声，只是些匠袭的言词，从生涩的歌喉里机械的发出来的，但它们经了夏夜的微风的吹漾和水波的摇拂，袅娜着到我们耳边的时候，已经不单是她们的歌声，而混着微风和河水的密语了。于是我们不得不被牵惹着，震撼着，相与浮沉于这歌声里了。从东关头转湾，不久就到大中桥。大中桥共有三个桥拱，都很阔大，俨然是三座门儿，使我们觉得我们的船和船里的我们，在桥下过去时，真是太无颜色了。桥砖是深褐色，表明它的历史的长久，但都完好无缺，令人太息于古昔工程的坚美。桥上两旁都是木壁的房子，中间应该有街路？这些房子都破旧了，多年烟熏的迹，遮没了当年的美丽。我想象秦淮河的极盛时，在这样宏阔的桥上，特地盖了房子，必然是髹漆得富富丽丽的，晚间必然是灯火通明的。现在却只剩下一片黑沉沉！但是桥上造着房子，毕竟使我们多少可以想见往日的繁华，这也慰情聊胜无了。过了大中桥，便到了灯月交辉，笙歌彻夜的秦淮河，这才是秦淮河的真面目哩。

大中桥外，顿然空阔，和桥内两岸排着密密的人家的大异了。一眼望去，疏疏的林，淡淡的月，衬着蓝蔚的天，颇像荒江野渡光景，那边呢，郁葱葱的，阴森森的，又似乎藏着无边的黑暗：令人几乎不信那是繁华的秦淮河了。但是河中眩晕着的灯光，纵横着的画舫，悠扬着的笛韵，夹着那吱吱的胡琴声，终于使我们认识绿如茵陈酒的秦淮水了。此地天裸露着的多些，故觉夜来的独迟些，从清清的水影里，我们感到的只是薄薄的夜——这正是秦淮河的夜。大中桥外，本来还有一座复成桥，是船夫口中的我们的游踪尽处，或也是秦淮河繁华的尽处了。我的脚曾踏过复成桥的脊，在十三四岁的时候。但是两次游秦淮河，却都不曾见着复成桥的面，明知总在前途的，却常觉得有些虚无缥缈似的。我想，不见倒也好。这时正是盛夏。我们下船后，借着新生的晚凉和河上的微风，暑气已渐渐消散，到了此地，豁然开朗，身子顿然轻了——习习的清风荏苒在面上，手上，衣上，这便又感到了一缕新凉了。南京的日光，大概没有杭州猛烈，西湖的夏夜老是热蓬蓬的，水像沸着一般，秦淮河的水却尽是这样冷冷的绿着。任你人影的憧憧，歌声的扰扰，总像隔着一层薄薄的绿纱面幂似的，它尽是这样静静的，冷冷的绿着。我们出了大中桥，走不上半里路，船夫便将船划到一旁，停了桨由它宕着。他以为那里正是繁华的极点，再过去就是荒凉了，所以让我们多多赏鉴一会儿。他自己却静静的蹲着。他是看惯这光景的了，大约只是一个无可无不可。这无可无不可，无论是升的沉的，总之，都比我们高了。

那时河里闹热极了，船大半泊着，小半在水上穿梭似的来往。停泊着的都在近市的那一边，我们的船自然也夹在其中。因为这边略略的挤，便觉得那边十分的疏了。在每一只船从那边过去时，我们能画出它的轻轻的影和曲曲的波，在我们的心上。这显着是空，且显着是静了。那时处处都是歌声和凄厉的胡琴声，圆润的喉咙，确乎是很少的。但那生涩的，尖脆的调子能使人有少年的，粗率不拘的感觉，也正可快我们的意。况且多少隔开些儿听着，因为想象与渴慕的做美，总觉更有滋味，而竞发的喧嚣，抑扬的不齐，远近的杂沓，和乐器的嘈嘈切切，合成另一意味的谐音，也使我们无所适从，如随着大风而走。这实在因为我们的心枯涩久了，变为脆弱，故偶然润泽一下，便疯狂似的不能自主了。但秦淮河确也腻人。即如船里的人面，无论是和我们一堆儿泊着的，无论是从我们眼前过去的，总是模模糊糊的，甚至渺渺茫茫的，任你张圆了眼睛，揩净了眦垢，也是枉然。这真够人想呢。在我们停泊的地方，灯光原是纷然的，不过这些灯光都是黄而有晕的。黄已经不能明了，再加上了晕，便更不成了。灯愈多，晕就愈甚，在繁星般的黄的交错里，秦淮河仿佛笼上了一团光雾。光芒与雾气腾腾的晕着，什么都只剩了轮廓了，所以人面的详细的曲线，便消失于我们的眼底了。但灯光究竟夺不了那边的月色，灯光是浑的，月色是清的，在浑沌的灯光里，渗入了一派清辉，却真是奇迹！那晚月儿已瘦削了两三分。她晚妆才罢，盈盈地上了柳梢头。天是蓝得可爱，仿佛一汪水似的，月儿便更出落得精神了。岸上原有三株两株的垂杨树，淡淡的影子，在水里摇曳着。它们那柔细的枝条浴着月光，就像一只只美人的臂膊，交互的缠着，挽着，又像是月儿披着的发。而月儿偶然也从它们的交叉处偷偷窥看我们，大有小姑娘怕羞的样子。岸上另有几株不知名的老树，光光的立着，在月光里照起来，却又俨然是精神矍铄的老人。远处——快到天际线了，才有一两片白云，亮得现出异彩，像美丽的贝壳一般。白云下便是黑黑的一带轮廓，是一条随意画的不规则的曲线。这一段光景，和河中的风味大异了。但灯与月竟能并存着，交融着，使月成了缠绵的月，灯射着渺渺的灵辉，这正是天之所以厚秦淮河，也正是天之所以厚我们了。

这时却遇着了难解的纠纷。秦淮河上原有一种歌妓，是以歌为业的。从前都在茶舫上，唱些大曲之类。每日午后一时起，什么时候止，却忘记了。晚上照样也有一回。也在黄晕的灯光里。我从前过南京时，曾随着朋友去听过两次。因为茶舫里的人脸太多了，觉得不大适意，终于听不出所以然。前年听说歌妓被取缔了，不知怎的，颇涉想了几次——却想不出什么。这次到南京，先到茶舫上去看看，觉得颇是寂寥，令我无端的怅怅了。不料她们却仍在秦淮河里挣扎着，不料她们竟会纠缠到我们，我于是很张皇了。她们也乘着“七板子”，她们总是坐在舱前的。舱前点着石油汽灯，光亮炫人眼目：坐在下面的，自然是纤毫毕见了——引诱客人们的力量，也便在此了。舱里躲着乐工等人，映着汽灯的余辉蠕动着，他们是永远不被注意的。每船的歌妓大约都是二人，天色一黑，她们的船就在大中桥外往来不息的兜生意。无论行着的船，泊着的船，都要来兜揽的。这都是我后来推想出来的。那晚不知怎样，忽然轮着我们的船了。我们的船好好的停着，一只歌舫划向我们来的，渐渐和我们的船并着了。烁烁的灯光逼得我们皱起了眉头，我们的风尘色全给它托出来了，这使我踧踖不安了。那时一个伙计跨过船来，拿着摊开的歌折，就近塞向我的手里，说，“点几出吧！”他跨过来的时候，我们船上似乎有许多眼光跟着。同时相近的别的船上也似乎有许多眼睛炯炯的向我们船上看着。我真窘了！我也装出大方的样子，向歌妓们瞥了一眼，但究竟是不成的！我勉强将那歌折翻了一翻，却不曾看清了几个字，便赶紧递还那伙计，一面不好意思地说，“不要，我们……不要。”他便塞给平伯。平伯掉转头去，摇手说，“不要！”那人还腻着不走。平伯又回过脸来，摇着头道，“不要！”于是那人重到我处。我窘着再拒绝了他。他这才有所不屑似的走了。我的心立刻放下，如释了重负一般。我们就开始自白了。

我说我受了道德律的压迫，拒绝了她们，心里似乎很抱歉的。这所谓抱歉，一面对于她们，一面对于我自己。她们于我们虽然没有很奢的希望，但总有些希望的。我们拒绝了她们，无论理由如何充足，却使她们的希望受了伤，这总有几分不做美了。这是我觉得很怅怅的。至于我自己，更有一种不足之感。我这时被四面的歌声诱惑了，降服了，但是远远的，远远的歌声总仿佛隔着重衣搔痒似的，越搔越搔不着痒处。我于是憧憬着贴耳的妙音了。在歌舫划来时，我的憧憬，变为盼望，我固执的盼望着，有如饥渴。虽然从浅薄的经验里，也能够推知，那贴耳的歌声，将剥去了一切的美妙，但一个平常的人像我的，谁愿凭了理性之力去丑化未来呢？我宁愿自己骗着了。不过我的社会感性是很敏锐的，我的思力能拆穿道德律的西洋镜，而我的感情却终于被它压服着，我于是有所顾忌了，尤其是在众目昭彰的时候。道德律的力，本来是民众赋予的，在民众的面前，自然更显出它的威严了。我这时一面盼望，一面却感到了两重的禁制：一、在通俗的意义上，接近妓者总算一种不正当的行为；二、妓是一种不健全的职业，我们对于她们，应有哀矜勿喜之心，不应赏玩的去听她们的歌。在众目睽睽之下，这两种思想在我心里最为旺盛。她们暂时压倒了我的听歌的盼望，这便成就了我的灰色的拒绝。那时的心实在异常状态中，觉得颇是昏乱。歌舫去了，暂时宁静之后，我的思绪又如潮涌了。两个相反的意思在我心头往复：卖歌和卖淫不同，听歌和狎妓不同，又干道德甚事？——但是，但是，她们既被逼的以歌为业，她们的歌必无艺术味的，况她们的身世，我们究竟该同情的。所以拒绝倒也是正办。但这些意思终于不曾撇开我的听歌的盼望。它力量异常坚强，它总想将别的思绪踏在脚下。从这重重的争斗里，我感到了浓厚的不足之感。这不足之感使我的心盘旋不安，起坐都不安宁了。唉！我承认我是一个自私的人！平伯呢，却与我不同。他引周启明先生的诗，“因为我有妻子，所以我爱一切的女人，因为我有子女，所以我爱一切的孩子。”他的意思可以见了。他因为推及的同情，爱着那些歌妓，并且尊重着她们，所以拒绝了她们。在这种情形下，他自然以为听歌是对于她们的一种侮辱。但他也是想听歌的，虽然不和我一样，所以在他的心中，当然也有一番小小的争斗，争斗的结果，是同情胜了。至于道德律，在他是没有什么的，因为他很有蔑视一切的倾向，民众的力量在他是不大觉着的。这时他的心意的活动比较简单，又比较松弱，故事后还怡然自若，我却不能了。这里平伯又比我高了。

在我们谈话中间，又来了两只歌舫。伙计照前一样的请我们点戏，我们照前一样的拒绝了。我受了三次窘，心里的不安更甚了。清艳的夜景也为之减色。船夫大约因为要赶第二趟生意，催着我们回去，我们无可无不可的答应了。我们渐渐和那些晕黄的灯光远了，只有些月色冷清清的随着我们的归舟。我们的船竟没个伴儿，秦淮河的夜正长哩！到大中桥近处，才遇着一只来船。这是一只载妓的板船，黑漆漆的没有一点光。船头上坐着一个妓女，暗里看出，白底小花的衫子，黑的下衣。她手里拉着胡琴，口里唱着青衫的调子。

她唱得响亮而圆转，当她的船箭一般驶过去时，余音还袅袅的在我们耳际，使我们倾听而向往。想不到在弩末的游踪里，还能领略到这样的清歌！这时船过大中桥了，森森的水影，如黑暗张着巨口，要将我们的船吞了下去，我们回顾那渺渺的黄光，不胜依恋之情，我们感到了寂寞了！这一段地方夜色甚浓，又有两头的灯火招邀着，桥外的灯火不用说了，过了桥另有东关头疏疏的灯火。我们忽然仰头看见依人的素月，不觉深悔归来之早了！走过东关头，有一两只大船湾泊着，又有几只船向我们来着。嚣嚣的一阵歌声人语，仿佛笑我们无伴的孤舟哩。东关头转湾，河上的夜色更浓了，临水的妓楼上，时时从窅缝里射出一线一线的灯光，仿佛黑暗从酣睡里眨了一眨眼。我们默然的对着，静听那汩——汩的桨声，几乎要入睡了，朦胧里却温寻着适才的繁华的余味。我那不安的心在静里愈显活跃了！这时我们都有了不足之感，而我的更其浓厚。我们却只不愿回去，于是只能由懊悔而怅惘了。船里便满载着怅惘了。直到利涉桥下，微微嘈杂的人声，才使我豁然一惊，那光景却又不同。右岸的河房里，都大开了窗户，里面亮着晃晃的电灯，电灯的光射到水上，蜿蜒曲折，闪闪不息，正如跳舞着的仙女的臂膊。我们的船已在她的臂膊里了，如睡在摇篮里一样，倦了的我们便又入梦了。那电灯下的人物，只觉像蚂蚁一般，更不去萦念。这是最后的梦，可惜是最短的梦！黑暗重复落在我们面前，我们看见傍岸的空船上一星两星的，枯燥无力又摇摇不定的灯光。我们的梦醒了，我们知道就要上岸了，我们心里充满了幻灭的情思。

1923年10月11日作完，于温州。

雁荡山的秋月

郁达夫

此文原载一九三四年十二月十五日《良友图画杂志》第一百期。郁达夫对浙东南山水风光情有独钟，曾引用龚自珍“踏破中原窥两戎，无双毕竟是家山”来赞美自己的家乡。他的散文直抒胸臆，毫无掩饰地表现了一个富有才情的知识分子在动乱社会里的苦闷心情，写得清新秀丽，富有气势和神韵。

古人并称上天台、雁荡；而宋范成大序《桂海岩洞志》，亦以为天下同称的奇秀山峰，莫如池之九华，歙之黄山，括之仙都，温之雁荡，夔之巫峡。大约范成大，没有到过关中，故终南华山，不曾提及。我们南游三日，将天台东北部的高山飞瀑（西部寒岩、明岩未去），略一飞游——并非坐了飞机去游，是开特快车游山之意——之后，急欲去雁荡，一赏鬼工镌雕的怪石奇岩，与夫龙湫大瀑，十月二十七日在天台国清寺门前上车，早晨还只有七点。

自天台去雁荡山所在的乐清县北，要经过临海、黄岩、温岭等县。到临海（旧章安城）的东南角巾山山下，还要渡过灵江，汽车方能南驶，现在公路局筑桥未竣，过渡要候午潮；所以我们到了临海之后，倒得了两三个钟头的空，去东湖拜了忠逸樵夫之祠，上巾山的双塔下，看了华胥洞，黄华丹井——巾山之得名，盖因黄华升仙，落帻于此——等古迹，到十二点钟左右，才乘潮渡过江去。临海的山容水貌，也很秀丽，不过还不及富春江的高山大水，可以令人悠然忘去了人世。自临海到黄岩，要经过括苍山脉东头的一条大岭，岭头有一个仙人桥站；自后徐经仙人桥至大道地的三站中间，汽车尽在山上曲折旋绕，路线有点像昱岭关外与仙霞岭南的样子；据开车的司机说这一条岭共有八十四弯，形势的险峻，也可想而知。

黄岩县城北，也有一条永江要渡，桥也尚未筑成；不过此处水深，不必候潮，所以车子一到，就渡了过去。县城的东北，江水的那边，三江口上，更有一枝亭山在俯瞰县城；半山中有一簇树，一个白墙头的庙，在阳光里吐气，想来总又是黄岩县的名胜了，遥望而过。黄岩一县内，多橘子树园；树并不高，而金黄的橘实，都结得累累欲坠，在返射斜阳；车驰过处，风味倒也异样，很像我年青的时候，在日本纪州各处旅行时的光景。

自黄岩经温岭到乐清县的离大荆城南五里路的地方，村名叫作水积（或名积水，不知是哪二个字？），前临大海，海中有岛，后峙双旗冈峰，峰中也有叠嶂一排，在暗示着雁荡的奇峰怪石。游人到此，已经有点心痒难熬的样子了，因为隔一条溪，隔一重山，在夕阳下，早就看得出谢公岭外老僧送客之类的奇形怪状的石岩阴影；北来自大溪镇到此，约有三十余里的行程。

在雁荡第一重口外，再渡过那条自石门潭流下来的清溪，西驰七八里，过白溪，到响岭头，就是雁荡东外谷的口子，汽车路筑到此地为止，雁荡到了。

在口外下车，远望进去，只看见了几个矽礦的石峰尖。太阳已经快下山了，我们是由东向西而入谷的，所以初走进去的时候，一眼并不看见什么。但走了半里多上灵岩寺去的石砌路后，渡过石桥，忽而一变，千千万万的奇异石壁，都同天上刚掉下去似的，直立在我们的四周；一条很大很大的溪水，穿在这些绝壁的中间，在向东缓流出来。壁来得太高太陡，天只剩下了狭狭的一条缝，日已下山，光线不似日间的充足。石壁的颜色，又都灰黑，壁缝里的树木，也生得屈曲有一种怪相；我们从东外谷走入内谷的七八里地路上，举头向前后左右望望，几乎被胁得连口都不敢开了。山谷的奇突，大与寻常习见的样子不同，叫人不得不想起诗圣但丁的《神曲》，疑心我们已经跟了那位罗马诗人，入了别一个境界。

在龙王庙前折向了北去，头脑里对于一路上所见的峰嶂的名目，如猴披衣、蓼花嶂、响蒿门、霞嶂洞、听诗叟、双鲤峰之类，还没有整理得清楚，景色一变，眼前又呈出了一幅更清幽、更奇怪、更伟大的画本。原来这东内谷里的向北去灵岩寺谷里的一区，是雁荡的中心，也是雁荡山杰作里的顶点。初入是一条清溪，许多树木与竹林。再进，劈面就是一排很高很长，像罗马古迹似的展旗嶂，崛起在天边，直挂向地下，后方再高处又是一排屏霞嶂，这屏霞嶂前，左右环抱，尽是一枝一枝的千万丈高的大石柱，高可以不必说，面积之大周围也不知有多少里；而最奇的，是这些大柱的头和脚，大小是一样的，所以都是绝壁，都是圆柱。小龙湫瀑布，也就在灵岩寺西北的一大石峰上，从顶点直泻下来的奇景。灵岩寺，看过去很小很小，隐藏在这屏霞嶂脚，顶珠峰、展旗峰、石屏风（全在寺东）与天柱峰、双鸾峰、卷图峰、独秀峰、卓笔峰（全在寺西）等的中间；地位的好，峰岩的多而且奇，只有永康方岩的五峰书院，可以与它比比；但方岩只是伟大了一点，紧凑却还不及这里。

灵岩寺的开辟，在宋太平兴国四年，僧行亮神昭为其始祖，后屡废屡兴；现在的寺，却是数年前，由护法者蒋叔南、潘耀庭诸君所募建。蒋君今年夏季去世，潘君现任雁荡山风景区整理委员，住在寺中；当家僧名成圆，亦由蒋潘诸君自宁波去迎来者，人很能干，具有实际办事的手腕。

在灵岩寺的西楼住下之后，天已经黑了。先去请教也住在寺中、率领黄岩中学学生来雁荡旅行的两位先生，问我们在雁荡，将如何的游法？因为他们已经在灵岩寺住了三日，打算于明晨出发回黄岩去了。饭后又去请了潘委员来，打听了一番雁荡山大概的情形。

雁荡山的总括，可以约略的先在此地说一说：第一，山在乐清县东北九十里，系亘立东西的一排连山，东起石门潭，西迄白岩六十里；北自甸岭，南至斤竹涧口四十里；自东向西，历来分成东外谷、东内谷、西内谷、西外谷的四部，以马鞍岭为界而分东西。全山周围，合外境有四百二十里。雁山北部，更有南阁谷、北阁谷二区，以溪分界；南阁南至石柱北至北屏山二里，东至马屿，西至会仙峰十六里；北阁村南北二里，东西五里，西北极甸岭山，为雁荡北址。

雁山开山者相传为晋诺讵那尊者，凡百有二峰，六十一岩，四十六洞，十八刹，十六亭，十七潭，十三瀑。入游之路线，有四条。（一）东路从白溪经响岭头自东南入谷，就是我们所经之路线。（二）北路由大荆越谢公岭自东北入谷至岭峰。（三）南路由小芙蓉经四十九盘岭自南入谷至能仁寺，从乐清来者率由此。（四）西路从大芙蓉自西南经本觉寺至梅雨潭。

峰之最高者为百冈尖，高一万一千五百公尺，雁湖在西外谷连霄岭上，高九千公尺。

这雁荡山的梗概，是根据潘委员的口述，和《广雁荡山志》及《雁山全图》而摘录下来的；我们因为走马游山，前后只有三日工夫好费，还要包括出发和到着的日期在内，所以许多风景，都只能割爱；晚上就和潘委员在灯下拟定明日只看西石梁的大瀑布，大龙湫瀑，梅雨潭，回至能仁寺午餐。略游斤竹涧就回灵岩寺宿；出发之日（即第三日），午前一游净名寺，至灵峰略看看观音洞北斗洞等，就出向头岭由原路出发回去。北部的绝景，中央的百冈尖当然是不能够去，就如显胜门、龙溜等处，一则因无时间，二则因无大路无宿处，也只能等下次再来了。这样拟定了游程之后，预期着明天的一天劳顿，我们就老早的爬上了床去。

约莫是午前的三四点钟，正梦见了许多岩壁，在四面移走拢来，几乎要把我的渺渺五尺之躯，压成粉碎的时候，忽而耳边一阵喇叭声，一阵嘈杂声起来了。先以为是山寺里起了火，急起披衣，踏上了西楼后面的露台去一看：既不见火，又不见人，周围上下，只是同海水似的月光，月光下又只是同神话中的巨人似的石壁，天色苍苍，只余一线，四围岑寂，远远地也听得见些断续的人声。奇异，神秘，幽寂，诡怪，当时的那一种感觉，我真不知道要用些什么字来才形容得出！起初我以为还在连续着做梦，这些月光，这些山影，仍旧是梦里的畸形；但摸摸石栏，看看那枝谁也要被它威胁压倒的天柱石峰与峰头的一片残月，觉得又太明晰，太正确，绝不像似梦里的神情。呆立了一会，对这雁荡山中的秋月顶礼了十来分钟，又是一阵喇叭声，一阵整队出发报名数的号令声传过来了，到此我才明白，原来我并不是在做梦，是那一批黄岩中学的学生要出发赶上大溪去坐轮船去了！这一批学生的叫唤，这一批青年的大胆行为，既救了我梦里的危急，又指示给我了这一幅清极奇极的雁山夜月的好画图，我的心里，竟莫名其妙的感激起来了，跑下楼去，就对他们的两位临走的教师热烈地热烈地握了一回手；送他们出了寺门以后，我并且还在月光下立着，目送他们一个个小影子渐渐地被月光岩壁吞没了下去。

雁荡山中的秋月！天柱峰头的月亮！我想就是今天明天，一处也不游，便尔回去，也尽可以交代得过去，说一声“不虚此行”了，另外还更希望什么呢？所以等那些学生们走后，我竟像疯子一样一个人在后面楼外的露台上呆对着月光峰影，坐到了天明，坐到了日出，这一天正是旧历九月二十的晚上廿一的清晨。

等同去的文伯，及偶然在路上遇着成一伙的奥伦斯登、科伯尔厂经理毕士敦 Mr. H. H. Bernstein 与戴君起来，一齐上轿，到大龙湫的时候，太阳已经升得很高，似在巳午之间了。一路上经下灵岩村、三官殿、上灵岩村，过马鞍岭。在左右手看了些五指峰、纱帽峰、老鼠峰、猫峰、观音峰、莲台峰、祥云峰、小剪刀峰之类，形状都很像，峰头都很奇；但因为太多了，到后来几乎想向在说明的轿夫讨饶，请他不要再说，怕看得太多，眼睛里脑里要起消化不良之症。

大龙湫的瀑布，在江南瀑布当中真可以称霸，因为石壁的高，瀑身的大，潭影的清而且深，实在是江浙皖几省的瀑布中所少有的。我们到雁荡之先，已经是旱得很久了。故而一条瀑布，直喷下来，在上面就成了点点的珠玉。一幅真珠帘，自上至地，有三四千丈高，百余尺阔；岩头系突出的，帘后可以通人，立在与日光斜射之处，无论何时，都看得出一条虹影。凉风的飒爽，潭水的清澄，和四围山岭的重叠，是当然的事情了，在大龙湫瀑布近旁，这些点景的余文，都似乎丧失了它们的价值，瀑布近旁的摩崖石刻，很多很多，然而无一语，能写得出这大龙湫的真景。《广雁荡山志》上，虽则也载了不少的诗词歌赋，来咏叹此景，但是身到了此间，哪里还看得起这些秀才的文章呢？至于画画，我想也一定不能把它的全神传写出来的，因为画纸决没有这么长，而溅珠也决没有这样的匀而且细。

出大龙湫，经瑞鹿峰、剪刀峰（侧看是一帆峰）下，沿大锦溪过华严岭罗汉寺前，能在石壁的半空中看得出一座石刻的罗汉像。斧凿的工巧有艺术味，就是由我这不懂雕刻的野人看来，也觉得佩服之至。从此经竹林，过一条很高很长的东岭，遥望着芙蓉峰、观音岩等（雁湖的一峰是在东岭岭上可以看见的），绕骆驼洞下面至西石梁的大瀑布。

西石梁是一块因风化而中空下坠的大石梁，下有一个老尼在住的庵，西面就是大瀑布。这瀑布的高大，与大龙湫瀑布等，但不同之处，是在它的自成一景，在石壁中流。一块数千丈的石壁，经过了几千万年的冲击，中间成了一个圆形大柱式的空洞，两面围抱突出，中间是一数丈宽数千丈高的圆洞，瀑布就从上面沿壁在这空圆洞里直泻下来。下面的潭，四壁的石，和草树清溪，都同大龙湫差仿不多。但西面连山，雁荡山的西尽头，差不多就快到了，而这瀑布之上，山顶平处，却又是一大村落；山上复有山，世外是桃源的情景，正和天台山的桐柏乡，曲异而工同。

从西石梁瀑布顺原路回来，路上又去看了梅雨潭及潭前的一座含珠峰，仍过东岭，到了自芙蓉南来经四十九盘岭可到的能仁寺里。

这能仁寺在西内谷丹芳岭下，系宋咸平二年僧全了所建。本来是雁荡山中的最大的丛林，有一宋时的大铁锅在可以作证，现在却萧条之至，大殿禅房，还都在准备建筑中。寺前有燕尾瀑，顺溪南流，成斤竹涧，绕四十九盘岭，可至小芙蓉；这一路路上风景的清幽绝俗，当为雁山全景之冠，可惜我们没有时间，只领略了一个大概，就赶回了灵岩寺来宿。

这一天的傍晚，本拟上寺右的天窗洞，寺左的龙鼻水去拜观灵岩寺的二奇的，但因白天跑了一天，太辛苦了，大家不想再动。我并且还忘不了今晨似的山中的残月，提议明朝也于三时起床，踏月东下，先去看了灵峰近旁的洞石，然后去响头岭就行出发，所以老早就吃了夜饭，老早就上了床。

然而胜地不常，盛筵难再，第二日早晨，虽则大家也忍着寒，抛着睡，于午前三点起了身，可是淡云蔽月，光线不明；我们真如在梦里似地走了七八里路，月亮才兹露面。而玩月光玩得不久，走到灵峰谷外朝阳洞下的时候，太阳却早已出了海，将月光的世界散文化了。

不过在残月下，晨曦里的灵峰山景，也着实可观，着实不错；比起灵岩的紧凑来，只稍稍觉得疏散一点而已。

灵峰寺是在东谷口内向北两三里地的地方，东越谢公岭可达大荆。近旁有五老峰、斗鸡峰、幞头峰、灵芝峰、犀角峰、果盒岩、船岩、观音洞、北斗洞、苦竹洞、将军洞、长春洞、响板洞诸名胜，顺鸣玉溪北上，三里可达真际寺。寺为宋天圣元年僧文吉所建，本在灵峰峰下，不知几百年前，这峰因风化倒了，寺屋尽毁。现在在这到灵峰下的一块隙地上，方在构木新筑灵峰寺。我们先在果盒岩的溪亭上坐了一会，就攀援上去，到观音洞去吃早餐。

两岩侧向，中成一洞，洞高二三百丈；最上一层，人迹所不能到，但洞中生有大树一株，系数百年物，枝叶茂盛，从远处望来，了了可见。下一层是观音洞的选物场，洞中宽广，建有大殿，并五百应真的石刻。东面一水下滴成池，叫作洗心泉，旁有明刻宋刻的题名记事碑无数。自此处一层一层的下去，有四五层楼三四百石级的高度；洞的高广，在雁荡山当中，以此为最。最奇怪的，是在第三层右手壁上的一个石佛，人立右手洞底，向东南洞口远望出去，俨然是一座地藏菩萨的侧面形，但跑近前去一看，则什么也没有了，只一块突出的方石。上一层的右手壁上还有一个一指物，形状也极象，不过小得很。

看了灵岩灵峰近边的峰势，看了观音洞（亦名合掌洞）里的建筑及大龙湫等，我们以为雁荡的山峰岩洞溪瀑等，也已经大略可以想象得出了，所以旁的地方，也不想再去走，只到北斗洞去打了一个电话，叫汽车的司机早点预备，等我们一出谷口，就好出发。

总之，雁荡本是海底的奇岩，出海年月，比黄山要新，所以峰岩峻削，还有一点锐气，如山东劳山的诸峰。今年春间，欲去黄山而未果，但看到了黄山前卫的齐云、白岳，觉得神气也有点和灵峰一带的山岩相像。在迎着太阳走出谷来，上汽车去的路上，我和文伯，更在坚订后约，打算于明年以两个月的工夫，去歙县游遍黄山，北下太平，上青阳南面的九华。然后出长江，息匡庐，溯江而上，经巫峡，下峨嵋，再东下沿汉水而西入关中，登太华以笑韩愈，入终南而学长生，此行若果，那么我们的志愿也毕，可以永永老死在蓬窗陋巷之中了。

印度洋上的秋思

徐志摩（1897—1931）

浙江海宁人。名章垿，初字槱森，后更字志摩。生于富裕家庭，青年时代留学英美。1922 年回国后，在北京大学、清华大学执教，先后加入“新月社”、“现代评论”派。创办《新月》杂志。获“新月派诗人”称号，饮誉文坛。其间到日本、英国，意大利及印度等地游历。1931 年 11 月 19 日，从南京乘机赴北平时，因飞机失事而遇难。著有诗集《志摩的诗》《翡冷翠的一夜》和散文集《落叶》《秋》等。本文如诗如歌，字字句句、一点一滴浸润着诗人著称于世的万千柔情及其脆弱轻灵的气质。

昨夜中秋。黄昏时西天挂下一大帘的云母屏，掩住了落日的光潮，将海天一体化成暗蓝色，寂静得如黑衣尼在圣座前默祷。过了一刻，即听得船梢布篷上悉悉索索啜泣起来，低压的云夹着迷蒙的雨色，将海线逼得像湖一般窄，沿边的黑影，也辨认不出是山是云，但涕泪的痕迹，却满布在空中水上。

又是一番秋意！那雨声在急骤之中，有零落萧疏的况味，连着阴沉的气氲，只是在我灵魂的耳畔私语道："秋！"我原来无欢的心境，抵御不住那样温婉的浸润，也就开放了春夏间所积受的秋思，和此时外来的怨艾构合，产出一个弱的婴儿——"愁"。天色早已沉黑，雨也已休止。但方才啜泣的云，还疏松地幕在天空，只露着些惨白的微光，预告明月已经装束齐整，专等开幕。同时船烟正在莽莽苍苍地吞吐，筑成一座蟒鳞的长桥，直联及西天尽处，和船轮泛出的一流翠波白沫，上下对照，留恋西来的踪迹。

北天云幕豁处，一颗鲜翠的明星，喜孜孜地先来问探消息，像新嫁媳的侍婢，也穿扮得遍体光艳。但新娘依然姗姗未出。

我小的时候，每于中秋夜，呆坐在楼窗外等看"月华"。若然天上有云雾缭绕，我就替"亮晶晶的月亮"担忧。若然见了鱼鳞似的云彩，我的小心就欣欣怡悦，默祷着月儿快些开花，因为我常听人说只要有“瓦楞”云，就有月华。但在月光放彩以前，我母亲早已逼我去上床，所以月华只是我脑筋里一个不曾实现的想象，直到如今。

现在天上砌满了瓦楞云彩，霎时间引起了我早年许多有趣的记忆——但我的纯洁的童心，如今哪里去了？

月光有一种神秘的引力。她能使海波咆哮，她能使悲绪生潮。月下的喟息可以结聚成山，月下的情泪可以培畤百亩的畹兰，千茎的紫琳耿。我疑悲哀是人类先天的遗传，否则，何以我们儿年不知悲感的时期，有时对着一泻的清辉，也往往凄心滴泪呢？

但我今夜却不曾流泪。不是无泪可滴，也不是文明教育将我最纯洁的本能锄净，却为是感觉了神圣的悲哀，将我理解的好奇心激动，想学契古特白登来解剖这神秘的“眸冷骨累”。冷的智永远是热的情的死仇。他们不能相容的。

但在这样浪漫的月夜，要来练习冷酷的分析，似乎不近人情！所以我的心机一转，重复将锋快的智刃收起，让沉醉的情泪自然流转，听他产生什么音乐，让绻缱的诗魂漫自低回，看他寻出什么梦境。

明月正在云岩中间，周围有一圈黄色的彩晕，一阵阵的轻霭，在她面前扯过。海上几百道起伏的银沟，一齐在微叱凄其的音节，此外不受清辉的波域，在暗中坟坟涨落，不知是怨是慕。

我一面将自己一部分的情感，看入自然界的现象，一面拿着纸笔，痴望着月彩，想从她明洁的辉光里，看出今夜地面上秋思的痕迹，希冀她们在我心里，凝成高洁情绪的菁华。因为她光明的捷足，今夜遍走天涯，人间的恩怨，哪一件不经过她的慧眼呢？

印度的Ganges（埂奇）河边有一座小村落，村外一个榕绒密绣的湖边，坐着一对情醉的男女，他们中间草地上放着一尊古铜香炉，烧着上品的水息，那温柔婉恋的烟篆、沉馥香浓的热气，便是他们爱感的象征。月光从云端里轻俯下来，在那女子胸前的珠串上，水息的烟尾上，印下一个慈吻，微哂，重复登上她的云艇，上前驶去。

一家别院的楼上，窗帘不曾放下，几枝肥满的桐叶正在玻璃上摇曳斗趣，月光窥见了窗内一张小蚊床上紫纱帐里，安眠着一个安琪儿似的小孩，她轻轻挨进身去，在他温软的眼睫上，嫩桃似的腮上，抚摩了一会。又将她银色的纤指，理齐了他脐圆的额发，霭然微哂着，又回她的云海去了。

一个失望的诗人，坐在河边一块石头上，满面写着忧郁的神情，他爱人的倩影，在他胸中像河水似的流动，他又不能在失望的渣滓里榨出些微甘液，他张开两手，仰着头，让大慈大悲的月光，那时正在过路，洗沐他泪腺湿肿的眼眶，他似乎感觉到清心的安慰，立即摸出一管笔，在白衣襟上写道：

月光，

你是失望儿的乳娘！

面海一座柴房的窗棂里，望得见屋里的内容：一张小桌上放着半块面包和几条冷肉，晚餐的剩余，窗前几上开着一本家用的圣经，炉架上两座点着的烛台，不住地流泪，旁边坐着一个皱面驼腰的老妇人，两眼半闭不闭地落在伏在她膝上悲泣的一个少妇，她的长裙散在地板上像一只大花蝶。老妇人掉头向窗外望，只见远远海涛起伏，和慈祥的月光在拥抱蜜吻，她叹了声气向着斜照在圣经上的月彩嗫道：

“真绝望了！真绝望了！”

她独自在她精雅的书室里，把灯火一齐熄了，倚在窗口一架藤椅上，月光从东墙肩上斜泻下去，笼住她的全身，在花砖上幻出一个窈窕的倩影。她两根垂辫的发梢，她微润的媚唇，和庭前几茎高峙的玉兰花，都在静谧的月色中微颤，她和她的呼吸，吐出一股幽香，不但邻近的花草，连月儿闻了，也禁不住迷醉，她腮边天然的妙涡，已有好几日不圆满：她瘦损了。但她在想什么呢？月光，你能否将我的梦魂带去，放在离她三五尺的玉兰花枝上。

威尔斯西境一座矿床附近，有三个工人，口衔着笨重的烟斗，在月光中间坐。他们所能想到的话都已讲完，但这异样的月彩，在他们对面的松林，左首的溪水上，平添了不可言语比说的妩媚，唯有他们工余倦极的眼珠不阖，彼此不约而同今晚较往常多抽了两斗的烟，但他们矿火熏黑、煤块擦黑的面容，表示他们心灵的薄弱，在享乐烟斗以外，虽经秋月溪声的戟刺，也不能有精美情绪之反感。等月影移西一些，他们默默地扑出一斗灰，起身进屋，各自登床睡去。月光从屋背飘眼望进去，只见他们都已睡熟，他们即使有梦，也无非矿内矿外的景色！

月光渡过了爱尔兰海峡，爬上海尔佛林的高峰，正对着静默的红潭。潭水凝定得像一大块冰，铁青色。四周斜坦的小峰，全都满铺着蟹青和蛋白色的岩片碎石，一株矮树都没有。沿潭间有些丛草，那全体形势，正像一大青碗，现在满盛了清洁的月辉，静极了，草里不闻虫吟，水里不闻鱼跃；只有石缝里潜涧沥淅之声，断续地作响，仿佛一座大教堂里点着一星小火，益发对照出静穆宁寂的境界，月儿在铁色的潭面上，倦倚了半晌，重复拔起她的银舄，过山去了。

昨天船离了新加坡以后，方向从正东改为东北，所以前几天的船梢正对落日，此后“晚霞的工厂”渐渐移到我们船向的左手来了。

昨夜吃过晚饭上甲板的时候，船右一海银波，在犀利之中涵有幽秘的彩色，凄清的表情，引起了我的凝视。那放银光的圆球正挂在你头上，如其起靠着船头仰望。她今夜并不十分鲜艳：她精圆的芳容上似乎轻笼着一层藕灰色的薄纱；轻漾着一种悲喟的声调；轻染着几痕泪化的雾霭。她并不十分鲜艳，然而她素洁温和的光线中，犹之少女浅蓝妙眼的斜瞟；犹之春阳融解在山巅白云反映的嫩色，含有不可解的迷力，媚态，世间凡具有感觉性的人，只要承沐着她的清辉，就发生也是不可理解的反应，引起隐复的内心境界的紧张，——像琴弦一样，——人生最微妙的情绪，戟震生命所蕴藏高洁名贵创现的冲动。有时在心理状态之前，或于同时，撼动躯体组织，使感觉血液中突起冰流之冰流，嗅神经难禁之酸辛，内藏汹涌之跳动，泪腺之骤热与润湿。那就是秋月兴起的秋思——愁。

昨晚的月色就是秋思的泉源，岂止，直是悲哀幽骚悱怨沉郁的象征，是季候运转的伟剧中最神秘亦最自然的一幕，诗艺界最凄凉亦最微妙的一个消息。

今夜月明人尽望，不知秋思在谁家。

中国字形具有一种独一的妩媚，有几个字的结构，我看来纯是艺术家的匠心：这也是我们国粹之尤粹者之一。譬如“秋”字，已是一个极美的字形，“愁”字更是文字史上有数的杰作。有石开湖晕，风扫松针的妙处，这一群点画的配置，简直经过柯罗的画篆，米佗朗基罗的雕圭，Chopin 的神感；像——用一个科学的比喻——原子的结构，将旋转宇宙的大力收缩成一个无形无踪的电核。这十三笔造成的象征，似乎是宇宙和人生悲惨的现象和经验，吁喟和涕泪，所凝成最纯粹精密的结晶，满充了催迷的秘力。你若然有高蒂闲（Gautier）异超的知感性，定然可以梦到，愁字变形为秋霞黯绿色的通明宝玉，若用银槌轻击之，当吐银色的幽咽电蛇似腾入云天。

我并不是为寻秋意而看月，更不是为觅新愁而访秋月。蓄意沉浸于悲哀的生活，是丹德所不许的。我盖见月而感秋色，因秋窗而拈新愁：人是一簇脆弱而富于反射性的神经！

我重复回到现实的景色，轻裹在云锦之中的秋月，像一个遍体蒙纱的女郎，她那团圆清朗的外貌像新娘，但同时她幂弦的颜色，那是藕灰，她踟躇的行踵，掩泣的痕迹，又使人疑是送丧的丽姝。所以我曾说：

秋月呀！

我不盼望你团圆。

这是秋月的特色，不论她是悬在落日残照边的新镰，与“黄昏晓”竞艳的眉钩，中宵斗没西陲的金碗，星云参差间的银床，以至一轮腴满的中秋，不论盈昃高下，总在原来澄爽明秋之中，遍洒着一种我只能称之为“悲哀的轻霭”和“传愁的以太”，即使你原来无愁，见此也禁不得沾染那“灰色的音调”，渐渐兴感起来！

秋月呀！

谁禁得起银指尖儿

浪漫地搔爬呵！

不信但看那一海的轻涛，可不是禁不住她玉指的抚摩，在那里低徊饮泣呢！就是那：

无聊的云烟，

秋月的美满，

熏暖了飘心冷眼，

也清冷地穿上了轻缟的衣裳，

来参与这

美满的婚姻和丧礼。

十月六日　志摩。

蓬莱风景线

庐 隐（1898—1934）

福建闽侯人。现代女作家。1919年考入北京女子高等师范，追求个性解放。1921年参加文学研究会，从事小说创作活动。主要作品有《海滨故人》《东京小品》及长篇小说《归雁》等。由于生活经历坎坷，个性倔强，女性多愁善感的气质与她浪漫不羁的个性使作品蒙上一层踸厉、悲哀的色彩。但从本文中，我们仍能感受到作者对美的追求。在半生颠沛流离、辛苦辗转的生活中，她依然能面对静处的自然产生美的感悟，非对生活至爱者而不能为之。

日本的风景，久为世界各国所注目，有东方公园的美誉，再加上我爱美景如生命，所以推己及人，便先把“蓬莱”的美景写出以供同好。

（一）西京

西京风景清幽，环山绕水，共有四座青山——吉田山，睿山，大文字山，圆山。四山中睿山最高，我们登睿山之巅，可窥西京全市，而最称胜绝的是清水寺，琵琶湖。

清水寺在音羽山之巅，山上满植翠柏苍松，在万绿丛中，杂间几枝藤花，嫩紫之色，映日成彩，微风过处，松涛澎湃，花影袅娜。我独倚大悲阁的碧栏，近挹清香，远收绿黛，超然有世外感。庙宇之前，有滴漏，为香客顶礼时洗手之用。漏流甚急，其声潺潺，好像急雨沿屋檐而下。

琵琶湖是西京第一名胜。沿江共有八景。我们在五月七日的那一天泛棹湖中，时正微雨，阴云四合，满湖笼烟漫雾，一片苍茫，另有一种幽趣。后来雨稍住，雾稍散，青山隐约可辨。远望诸峰，白云冉冉，因风变化，奇形怪状，两眼为之迷离。

后来船到石山寺，我们便舍舟登岸，向寺直奔。此寺也在高山之巅，仿佛中国西湖之灵隐寺。中多独干老木，高齐庙阁。院中满植芭蕉，被急雨敲击，清碎如弄珠玉。

傍晚雨止雾收，斜阳残照，从白云隙中射出，照在湖面上，幻成紫的粉红的嫩黄的种种色彩。我们坐在船上，如观图画，不久斜阳沉入湖心，湖上立刻幂上一层黄幂，青山白云，都隐入黑幂中，但数点渔火独兀含情向人呢。

（二）日光

日光乃日本景致最好的地方，日本人有句俗话说："不到日光不算见物。"日光的身价可想而知了。

日光共有十六景，其中杉并木，中禅寺湖，雾降泷，里见泷，中禅寺湖大瓬桥几个地方更自然，更秀丽。不过最使我不能忘怀的还要算是华严三千尺的大瀑布了。

当日游华严，往还走了六十里路，辛苦是最辛苦，而有了这种深刻的印象，也就算值得。在华严泷的背后，还有一个白云泷，我们到了白云泷，看见急水如云，从半山中奔腾而下，已经叹为奇观。及至到了华严泷，只见三千尺的云梯，从上巅下垂，云梯之下，都是飞烟软雾，哪有一点看出是水。这种奇妙的大观，怎能不引诱人们忘记人间之乐呢？

（三）宫岛

宫岛乃日本三景之一，所谓三景，是松岛（在北部）、天之桥及宫岛。我们于黄昏时泛舟海上，碧水渺渺，波光耀霞，斜阳余晖，映浪成花，沿海青山层叠，白云氤氲。在海上游荡些时，又登岸奔红叶谷。这时微风吹来，阵阵清香，夹路松杉峥嵘。渡过一小红桥，就看见红叶如锦，喷火红焰，真是妙境，便是武陵人到桃源，恐怕还要叹不及此呢！

"蓬岛"称绝的三景，我只到了一处，未免是个憾事。不过在日本住了一个多月，游了八九个地方，无论到哪处，都没有感到飞沙扬尘满目苍凉的况味，就是坐在火车上，也是目不断青山的倩影，耳不绝松涛的幽韵，更有碧绿的麦陇，如荼的杜鹃，点缀田野，快目爽心，直使我赞不绝口。

其实中国的江南川北，也何尝没有好风景，何值得我如是沉醉；但是"蓬莱"另有"蓬莱"之景，其潇洒风流，纤巧灵秀，不可与中国流丽中含端庄的西子湖同日而语。所以我虽赞许蓬莱之美，亦不敢抹杀西子湖之胜，燕瘦环肥，各有可以使人沉醉之处呢！

钓台的春昼

郁达夫

本文是作者著名的游记散文。1931年初，国民党加剧了对左翼文艺运动的文化围剿。郁达夫离沪避难浙江，返乡游历。1932年回忆旧游、感怀时政而成此文。文章以游踪为线索，用写意、抒情之笔，在寄情山水中，透露出身处社会动荡年代的一缕忧思，表现了作者对于时政的愤懑之情和对于自身生存状态的感伤之情。

因为近在咫尺，以为什么时候要去就可以去，我们对于本乡本土的名区胜景，反而往往没有机会去玩，或不容易下一个决心去玩的。正唯其是如此，我对于富春江上的严陵，二十年来，心里虽每在记着，但脚却没有向这一方面走过。一九三一，岁在辛未，暮春三月，春服未成，而中央党帝，似乎又想玩一个秦始皇所玩过的把戏了，我接到了警告，就仓皇离去了寓居。先在江浙附近的穷乡里，游息了几天，偶而看见了一家扫墓的行舟，乡愁一动，就定下了归计。绕了一个大弯，赶到故乡，却正好还在清明寒食的节前。和家人等去上了几处坟，与许久不曾见过面的亲戚朋友，来往热闹了几天，一种乡居的倦怠，忽而袭上心来了，于是乎我就决心上钓台访一访严子陵的幽居。

钓台去桐庐县城二十余里，桐庐去富阳县治九十里不足，自富阳溯江而上，坐小火轮三小时可达桐庐，再上则须坐帆船了。

我去的那一天，记得是阴晴欲雨的养花天，并且系坐晚班轮去的，船到桐庐，已经是灯火微明的黄昏时候了，不得已就只得在码头近边的一家旅馆的楼上借了一宵宿。

桐庐县城，大约有三里路长，三千多烟灶，一二万居民，地在富春江西北岸，从前是皖浙交通的要道，现在杭江铁路一开，似乎没有一二十年前的繁华热闹了。尤其要使旅客感到萧条的，却是桐君山脚下的那一队花船的失去了踪影。说起桐君山，却是桐庐县的一个接近城市的灵山胜地，山虽不高，但因有仙，自然是灵了。以形势来论，这桐君山，也的确是可以产生出许多口音生硬、别具风韵的桐严嫂来的生龙活脉。地处在桐溪东岸，正当桐溪和富春江合流之所，依依一水，西岸便瞰视着桐庐县市的人家烟村。南面对江，便是十里长洲。唐诗人方干的故居，就在这十里桐洲九里花的花田深处。向西越过桐庐县城，更遥遥对着一排高低不定的青峦，这就是富春山的山子山孙了。东北面山下，是一片桑麻沃地，有一条长蛇似的官道，隐而复现，出没盘曲在桃花杨柳洋槐榆树的中间。绕过一支小岭，便是富阳县的境界，大约去程明道的墓地程坟，总也不过一二十里地的间隔。我的去拜谒桐君，瞻仰道观，就在那一天到桐庐的晚上，是淡云微月，正在作雨的时候。

鱼梁渡头，因为夜渡无人，渡船停在东岸的桐君山下。我从旅馆踱了出来，先在离轮埠不远的渡口停立了几分钟。后来向一位来渡口洗夜饭米的年轻少妇，弓身请问了一回，才得到了渡江的秘诀。她说："你只须高喊两三声，船自会来的。"先谢了她教我的好意，然后以两手围成了播音的喇叭，"喂，喂，渡船请摇过来！"地纵声一喊，果然在半江的黑影当中，船身摇动了。渐摇渐近，五分钟后，我在渡口，却终于听出了咿呀柔橹的声音。时间似乎已经入了酉时的下刻，小市里的群动，这时候都已经静息。自从渡口的那位少妇，在微茫的夜色里，藏去了她那张白团团的面影之后，我独立在江边，不知不觉心里头却兀自感到了一种他乡日暮的悲哀。渡船到岸，船头上起了几声微微的水浪清音，又铜东的一响，我早已跳上了船，渡船也已经掉过头来了。坐在黑影沉沉的舱里，我起先只在静听着柔橹划水的声音，然后却在黑影里看出了一星船家在吸着的长烟管头上的烟火，最后因为被沉默压迫不过，我只好开口说话了：“船家！你这样的渡我过去，该给你几个船钱？”我问。“随你先生把几个就是。”船家的说话冗慢幽长，似乎已经带着些睡意了，我就向袋里摸出了两角钱来。“这两角钱，就算是我的渡船钱，请你候我一会，上山去烧一次夜香，我是依旧要渡过江来的。”船家的回答，只是恩恩乌乌，幽幽同牛叫似的一种鼻音，然而从继这鼻音而起的两三声轻快的咳声听来，他却似已经在感到满足了，因为我也知道，乡间的义渡，船钱最多也不过是两三枚铜子而已。

到了桐君山下，在山影和树影交掩着的崎岖道上，我上岸走不上几步，就被一块乱石绊倒，滑跌了一次。船家似乎也动了恻隐之心了，一句话也不发，跑将上来，他却突然交给了我一盒火柴。我于感谢了一番他的盛意之后，重整步武，再摸上山去，先是必须点一枝火柴走三五步路的，但到得半山，路既就了规律，而微云堆里的半规月色，也朦胧地现出一痕银线来了，所以手里还存着的半盒火柴，就被我藏入了袋里。路是从山的西北，盘曲而上，渐走渐高，半山一到，天也开朗了一点，桐庐县市上的灯火，也星星可数了。更纵目向江心望去，富春江两岸的船上和桐溪合流口停泊着的船尾船头，也看得出一点一点的火来。走过半山，桐君观里的晚祷钟鼓，似乎还没有息尽，耳朵里仿佛听见了几丝木鱼钲钹的残声。走上山顶，先在半途遇着了一道道观外围的女墙，这女墙的栅门，却已经掩上了。在栅门外徘徊了一刻，觉得已经到了此门而不进去，终于是不能满足我这一次暗夜冒险的好奇怪癖的。所以细想了几次，还是决心进去，非进去不可，轻轻用手往里面一推，栅门却呀的一声，早已退向了后方开开了，这门原来是虚掩在那里的。进了栅门，踏着为淡月所映照的石砌平路，向东向南的前走了五六十步，居然走到了道观的大门之外，这两扇朱红漆的大门，不消说是紧闭在那里的。到了此地，我却不想再破门进去了，因为这大门是朝南向着大江开的，门外头是一条一丈来宽的石砌步道，步道的一旁是道观的墙，一旁便是山坡，靠山坡的一面，并且还有一道二尺来高的石墙筑在那里，大约是代替栏杆，防人倾跌下山去的用意，石墙之上，铺的是二三尺宽的青石，在这似石栏又似石凳的墙上，尽可以坐卧游息，饱看桐江和对岸的风景，就是在这里坐它一晚，也很可以，我又何必去打开门来，惊起那些老道的恶梦呢！

空旷的天空里，流涨着的只是些灰白的云，云层缺处，原也看得出半角的天，和一点两点的星，但看起来最饶风趣的，却仍是欲藏还露，将见仍无的那半规月影。这时候江面上似乎起了风，云脚的迁移，更来得迅速了，而低头向江心一看，几多散乱着的船里的灯光，也忽明忽灭地变换了位置。

这道观大门外的景色，真神奇极了。我当十几年前，在放浪的游程里，曾向瓜州京口一带，消磨过不少的时日。那时觉得果然名不虚传的，确是甘露寺外的江山，而现在到了桐庐，昏夜上这桐君山来一看，又觉得这江山之秀而且静，风景的整而不散，却非那天下第一江山的北固山所可与比拟的了。真也难怪得严子陵，难怪得戴徵士，倘使我若能在这样的地方结屋读书，以养天年，那还要什么的高官厚禄，还要什么的浮名虚誉哩？一个人在这桐君观前的石凳上，看看山，看看水，看看城中的灯火和天上的星云，更做做浩无边际的无聊的幻梦，我竟忘记了时刻，忘记了自身，直等到隔江的击柝声传来，向西一看，忽而觉得城中的灯影微茫地减了，才跑也似的走下了山来，渡江奔回了客舍。

第二日清晨，觉得昨天在桐君观前做过的残梦正还没有续完的时候，窗外面忽而传来了一阵吹角的声音。好梦虽被打破，但因这同吹筚篥似的商音哀咽，却很含着些荒凉的古意，并且晓风残月，杨柳岸边，也正好候船待发，上严陵去。所以心里虽怀着了些儿怨恨，但脸上却只现出了一痕微笑，起来梳洗更衣，叫茶房去雇船去。雇好了一只双桨的渔舟，买就了些酒菜鱼米，就在旅馆前面的码头上上了船，轻轻向江心摇出去的时候，东方的云幕中间，已现出了几丝红韵，有八点多钟了。舟师急得厉害，只在埋怨旅馆的茶房，为什么昨晚上不预先告诉，好早一点出发。因为此去就是七里滩头，无风七里，有风七十里，上钓台去玩一趟回来，路程虽则有限，但这几日风雨无常，说不定要走夜路，才回来得了的。

过了桐庐，江心狭窄，浅滩果然多起来了。路上遇着的来往的行舟，数目也是很少，因为早晨吹的角，就是往建德去的快班船的信号，快班船一开，来往于两岸之间的船就不十分多了。两岸全是青青的山，中间是一条清浅的水，有时候过一个沙洲，洲上的桃花菜花，还有许多不晓得名字的白色的花，正在喧闹着春暮，吸引着蜂蝶。我在船头上一口一口地喝着严东关的药酒，指东话西地问着船家，这是什么山，那是什么港，惊叹了半天，称颂了半天，人也觉得倦了，不晓得什么时候，身子却走上了一家水边的酒楼，在和数年不见的几位已经做了党官的朋友高谈阔论。谈论之余，还背诵了一首两三年前曾在同一的情形之下做成的歪诗：

不是尊前爱惜身，佯狂难免假成真，
曾因酒醉鞭名马，生怕情多累美人。
劫数东南天作孽，鸡鸣风雨海扬尘，
悲歌痛哭终何补，义士纷纷说帝秦。

直到盛筵将散，我酒也不想再喝了，和几位朋友闹得心里各自难堪，连对旁边坐着的两位陪酒的名花都不愿意开口。正在这上下不得的苦闷关头，船家却大声的叫了起来说：

“先生，罗芷过了，钓台就在前面，你醒醒罢，好上山去烧饭吃去。”

擦擦眼睛，整了一整衣服，抬起头来一看，四面的水光山色又忽而变了样子了。清清的一条浅水，比前又窄了几分，四围的山包得格外的紧了，仿佛是前无去路的样子。并且山容峻削，看去觉得格外的瘦格外的高。向天上地下四围看看，只寂寂的看不见一个人类。双桨的摇响，到此似乎也不敢放肆了，钩的一声过后，要好半天才来一个幽幽的回响，静，静，静，身边水上，山下岩头，只沉浸着太古的静，死灭的静，山峡里连飞鸟的影子也看不见半只。前面的所谓钓台山上，只看得见两大个石垒，一间歪斜的亭子，许多纵横芜杂的草木。山腰里的那座祠堂，也只露着些废垣残瓦，屋上面连炊烟都没有一丝半缕，像是好久好久没有人住了的样子。并且天气又来得阴森，早晨曾经露一露脸过的太阳，这时候早已深藏在云堆里了，余下来的只是时有时无从侧面吹来的阴飕飕的半箭儿山风。船靠了山脚，跟着前面背着酒菜鱼米的船夫走上严先生祠堂的时候，我心里真有点害怕，怕在这荒山里要遇见一个干枯苍老得同丝瓜筋似的严先生的鬼魂。

在祠堂西院的客厅里坐定，和严先生的不知第几代的裔孙谈了几句关于年岁水旱的话后，我的心跳也渐渐儿的镇静下去了，嘱托了他以煮饭烧菜的杂务，我和船家就从断碑乱石中间爬上了钓台。

东西两石垒，高各有二三百尺，离江面约两里来远，东西台相去只有一二百步，但其间却夹着一条深谷。立在东台，可以看得出罗芷的人家，回头展望来路，风景似乎散漫一点，而一上谢氏的西台，向西望去，则幽谷里的清景，却绝对的不像是在人间了。我虽则没有到过瑞士，但到了西台，朝西一看，立时就想起了曾在照片上看见过的威廉退儿的祠堂。这四山的幽静，这江水的青蓝，简直同在画片上的珂罗版色彩，一色也没有两样，所不同的就是在这儿的变化更多一点，周围的环境更芜杂不整齐一点而已，但这却是好处，这正是足以代表东方民族性的颓废荒凉的美。

从钓台下来，回到严先生的祠堂——记得这是洪杨以后严州知府戴槃重建的祠堂——西院里饱啖了一顿酒肉，我觉得有点酩酊微醉了。手拿着以火柴柄制成的牙签，走到东面供着严先生神像的龛前，向四面的破壁上一看，翠墨淋漓，题在那里的，竟多是些俗而不雅的过路高官的手笔。最后到了南面的一块白墙头上，在离屋檐不远的一角高处，却看到了我们的一位新近去世的同乡夏灵峰先生的四句似邵尧夫而又略带感慨的诗句。夏灵峰先生虽则只知崇古，不善处今，但是五十年来，像他那样的顽固自尊的亡清遗老，也的确是没有第二个人。比较起现在的那些官迷的南满尚书和东洋宦婢来，他的经术言行，姑且不必去论它，就是以骨头来称称，我想也要比什么罗三郎郑太郎辈，重到好几百倍。慕贤的心一动，醺人臭技自然是难熬了，堆起了几张桌椅，借得了一枝破笔，我也向高墙上在夏灵峰先生的脚后放上了一个陈屁，就是在船舱的梦里，也曾微吟过的那一首歪诗。

从墙头上跳将下来，又向龛前天井去走了一圈，觉得酒后的喉咙，有点渴痒了，所以就又走回到了西院，静坐着喝了两碗清茶。在这四处无声，只听见我自己的啾啾喝水的舌音冲击到那座破院的败壁上去的寂静中间，同惊雷似的一响，院后的竹园里却忽而飞出了一声闲长而又有节奏似的鸡啼的声来。同时在门外面歇着的船家，也走进了院门，高声的对我说：

“先生，我们回去罢，已经是吃点心的时候了，你不听见那只鸡在后山啼么？我们回去罢！”

一九三二年八月在上海写。

莱茵河

朱自清

一次走马观花式的游览，便留下了脍炙人口的名作，让人对莱茵河河畔产生了无穷的想象。作者选取素材、运用语言的能力可见一斑。让我们随着作者的脚步，一起丈量这条河流的悠悠岁月吧。

莱茵河（The Rhine）发源于瑞士阿尔卑斯山中，穿过德国东部，流入北海，长约二千五百里。分上中下三部分。从马恩斯（Mayence，Mains）到哥龙（Cologne）算是“中莱茵”；游莱茵河的都走这一段儿。天然风景并不异乎寻常地好；古迹可异乎寻常地多。尤其是马恩斯与考勃伦兹（Koblenz）之间，两岸山上布满了旧时的堡垒，高高下下的，错错落落的，斑斑驳驳的：有些已经残破，有些还完好无恙。这中间住过英雄，住过盗贼，或据险自豪，或纵横驰骤，也曾热闹过一番。现在却无精打采，任凭日晒风吹，一声儿不响。坐在轮船上两边看，那些古色古香各种各样的堡垒历历的从眼前过去；仿佛自己已经跳出了这个时代而在那些堡垒里过着无拘无束的日子。游这一段儿，火车却不如轮船：朝日不如残阳，晴天不如阴天，阴天不如月夜——月夜，再加上几点儿萤火，一闪一闪的在寻觅荒草里的幽灵似的。最好还得爬上山去，在堡垒内外徘徊徘徊。

这一带不但史迹多，传说也多。最凄艳的自然是脍炙人口的声闻岩头的仙女了。声闻岩在河东岸，高四百三十英尺，一大片暗淡的悬岩，嶙嶙峋峋的；河到岩南，向东拐个小湾，这里有顶大的回声，岩因此得名。相传往日岩头有个仙女美极，终日歌唱不绝。一个船夫傍晚行船，走过岩下。听见她的歌声，仰头一看，不觉忘其所以，连船带人都撞碎在岩上。后来又死了一位伯爵的儿子。这可闯下大祸来了。伯爵派兵遣将，给儿子报仇。他们打算捉住她，锁起来，从岩顶直摔下河里去。但是她不愿死在他们手里，她呼唤莱茵母亲来接她；河里果然白浪翻腾，她便跳到浪里。从此声闻岩下听不见歌声，看不见倩影，只剩晚霞在岩头明灭。德国大诗人海涅有诗咏此事；此事传播之广，这篇诗也有关系的。友人淦克超先生曾译第一章云：

传闻旧低徊，我心何悒悒。
两峰隐夕阳，莱茵流不息。
峰际一美人，灿然金发明，
清歌时一曲，余音响入云。
凝听复凝望，舟子忘所向，
怪石耿中流，人与舟俱丧。

这座岩现在是已穿了隧道通火车了。

哥龙在莱茵河西岸，是莱茵区最大的城，在全德国数第三。从甲板上看教堂的钟楼与尖塔这儿那儿都是的。虽然多么繁华一座商业城，却不大有俗尘扑到脸上。英国诗人柯勒列治说：

人知莱茵河，洗净哥龙市；
水仙你告我，今有何神力，
洗净莱茵水？

那些楼与塔镇压着尘土，不让飞扬起来，与莱茵河的洗刷是异曲同工的。哥龙的大教堂是哥龙的荣耀；单凭这个，哥龙便不死了。这是戈昔式，是世界上最宏大的戈昔式教堂之一。建筑在一二四八年，到一八八零年才全部落成。欧洲教堂往往如此，大约总是钱不够之故。教堂门墙伟丽，尖拱和直棱，特意繁密，又雕了些小花，小动物，和《圣经》人物，零星点缀着；近前细看，其精工真令人惊叹。门墙上两尖塔，高五百十五英尺，直入云霄。戈昔式要的是高而灵巧，让灵魂容易上通于天。这也是月光里看好。淡蓝的天干干净净的，只有两条尖尖的影子映在上面；像是人天仅有的通路，又像是人类祈祷的一双胳膊。森严肃穆，不说一字，抵得千言万语。教堂里非常宽大，顶高一百六十英尺。大石柱一行行的，高的一百四十八英尺，低的也六十英尺，都可合抱；在里面走，就像在大森林里，和世界隔绝。尖塔可以上去，玲珑剔透，有凌云之势。塔下通回廊。廊中向下看教堂里，觉得别人小得可怜，自己高得可怪，真是颠倒梦想。

一九三三年三月十四日作。

（原刊 1933 年 5 月 1 日《中学生》第 35 号）

第三章　风景就在那里

成长的过程有美好，也很苦涩，恰如钻出地面的萌芽，抖落身上的泥土，方能感受到温暖的阳光。跟随大师们的脚步，让我们看到人生的千姿百态、百转千回，让你迈向世界的每一步，都能看到沿途最美丽的风景，最终成就一种豁达的心态，去笑看人生的美丽风景。

江南的冬景

郁达夫

本文是作者于 1935 年 12 月 1 日创作的一篇散文，是作者南迁杭州之后写下的散文名篇。文章通过北方冬景、闽粤地区冬景的对比，突出了江南冬景中的诗情画意。文章多次引用古诗，也为描写景致添加了韵味。这篇散文采用的对比、点染等表现技巧，加强了文章的艺术表现力。

凡在北国过过冬天的人，总都知道围炉煮茗，或吃煊羊肉，剥花生米，饮白干的滋味。而有地炉、暖炕等设备的人家，不管它们外面是雪深几尺，或风大若雷，而躲在屋里过活的两三个月的生活，却是一年之中最有劲的一段蛰居异境；

老年人不必说，就是顶喜欢活动的小孩子们，总也是个个在怀恋的，因为当这中间，有的是萝卜、雅儿梨等水果的闲食，还有大年夜、正月初一、元宵等热闹的节期。

但在江南，可又不同。冬至过后，大江以南的树叶，也不至于脱尽。寒风——西北风——间或吹来，至多也不过冷了一日两日。到得灰云扫尽，落叶满街，晨霜白得像黑女脸上的脂粉似的清早，太阳一上屋檐，鸟雀便又在吱叫，泥地里便又放出水蒸气来，老翁小孩就又可以上门前的隙地里去坐着曝背谈天，营屋外的生涯了。这一种江南的冬景，岂不也可爱得很么？

我生长江南，儿时所受的江南冬日的印象，铭刻特深。虽则渐入中年，又爱上了晚秋，以为秋天正是读读书、写写字的人的最惠节季，但对于江南的冬景，总觉得是可以抵得过北方夏夜的一种特殊情调，说得摩登些，便是一种明朗的情调。

我也曾到过闽粤，在那里过冬天，和暖原极和暖，有时候到了阴历的年边，说不定还不得不拿出纱衫来着；走过野人的篱落，更还看得见许多杂七杂八的秋花！一番阵雨雷鸣过后，凉冷一点，至多也只好换上一件夹衣，在闽粤之间，皮袍棉袄是绝对用不着的；这一种极南的气候异状，并不是我所说的江南的冬景，只能叫它作南国的长春，是春或秋的延长。

江南的地质丰腴而润泽，所以含得住热气，养得住植物。因而长江一带，芦花可以到冬至而不败，红叶也有时候会保持得三个月以上的生命。像钱塘江两岸的乌桕树，则红叶落后，还有雪白的桕子着在枝头，一点一丛，用照相机照将出来，可以乱梅花之真。草色顶多成了赭色，根边总带点绿意，非但野火烧不尽，就是寒风也吹不倒的。若遇到风和日暖的午后，你一个人肯上冬郊去走走，则青天碧落之下，你不但感不到岁时的肃杀，并且还可以饱觉着一种莫名其妙的含蓄在那里的生气。“若是冬天来了，春天也总马上会来”的诗人的名句，只有在江南的山野里，最容易体会得出。

说起了寒郊的散步，实在是江南的冬日，所给予江南居住者的一种特异的恩惠；在北方的冰天雪地里生长的人，是终他的一生，也绝不会有享受这一种清福的机会的。我不知道德国的冬天，比起我们江浙来如何，但从许多作家的喜欢以 Spaziergang 一字来做他们的创造题目的一点看来，大约是德国南部地方，四季的变迁，总也和我们的江南差仿不多。譬如说十九世纪的那位乡土诗人洛在格（Peter Rosegger，1843—1918）罢，他用这一个“散步”做题目的文章尤其写得多，而所写的情形，却又是大半可以拿到中国江浙的山区地方来适用的。

江南河港交流，且又地滨大海，湖沼特多，故空气里时含水分。到得冬天，不时也会下着微雨，而这微雨寒村里的冬霖景象，又是一种说不出的悠闲境界。你试想想，秋收过后，河流边三五家人家会聚在一道的一个小村子里，门对长桥，窗临远阜，这中间又多是树枝槎丫的杂木树林；在这一幅冬日农村的图上，再洒上一层细得同粉也似的白雨，加上一层淡得几不成墨的背景，你说还够不够悠闲？若再要点景致进去，则门前可以泊一只乌篷小船，茅屋里可以添几个喧哗的酒客，天垂暮了，还可以加一味红黄，在茅屋窗中画上一圈暗示着灯光的月晕。人到了这一个境界，自然会得胸襟洒脱起来，终至于得失俱亡，死生不同了。我们总该还记得唐朝那位诗人做的“暮雨潇潇江上村”的一首绝句罢？诗人到此，连对绿林豪客都客气起来了，这不是江南冬景的迷人又是什么？

一提到雨，也就必然地要想到雪：“晚来天欲雪，能饮一杯无？”自然是江南日暮的雪景。“寒沙梅影路，微雪酒香村”，则雪月梅的冬宵三友，会合在一道，在调戏酒姑娘了。“柴门闻犬吠，风雪夜归人”，是江南雪夜，更深人静后的堪况。“前树深雪里，昨夜一枝开”又到了第二天的早晨，和狗一样喜欢弄雪的村童来报告村景了。诗人的诗句，也许不尽是在江南所写，而做这几句诗的诗人，也许不尽是江南人，但假了这几句诗来描写江南的雪景，岂不直截了当，比我这一枝愚劣的笔所写的散文更美丽得多?

有几年，在江南，在江南也许会没有雨没有雪地过一个冬，到了春间阴历的正月底或二月初再冷一冷下一点春雪的。去年（一九三四）的冬天是如此，今年的冬天恐怕也不得不然。以节气推算起来，大约大冷的日子，将在一九三六年的二月尽头，最多也总不过是七八天的样子。像这样的冬天，乡下人叫作旱冬，对于麦的收成或者好些，但是人口却要受到损伤。旱得久了，白喉、流行性感冒等疾病自然容易上身。可是想恣意享受江南的冬景的人，在这一种冬天，倒只会得到快活一点，因为晴和的日子多了，上郊外去闲步逍遥的机会自然也多。日本人叫作 Hi-king，德国人叫作 Spaziergang 狂者，所最欢迎的也就是这样的冬天。

窗外的天气晴朗得像晚秋一样。晴空的高爽，日光的洋溢，引诱得使你在房间里坐不住。空言不如实践，这一种无聊的杂文，我也不再想写下去了，还是拿起手杖，搁下纸笔，上湖上散散步罢！

故都的秋

郁达夫

本文是作者于1934年8月创作的散文。全文1500多字，运用了42个秋字来润色北国之秋的“清”“静”和“悲凉”，这落寞之秋是作者当时心境的写照，是对国运衰微的喟叹。全文蕴含深沉的故都之恋、故国之爱，唤起人们对美的追求，对祖国的热爱。

秋天，无论在什么地方的秋天，总是好的。可是啊，北国的秋，却特别地来得清，来得静，来得悲凉。我的不远千里，要从杭州赶上青岛，更要从青岛赶上北平来的理由，也不过想饱尝一尝这“秋”，这故都的秋味。

江南，秋当然也是有的，但草木凋得慢，空气来得润，天的颜色显得淡，并且又时常多雨而少风。一个人夹在苏州上海杭州，或厦门香港广州的市民中间，浑浑沌沌地过去，只能感到一点点清凉，秋的味，秋的色，秋的意境与姿态，总看不饱，尝不透，赏玩不到十足。秋并不是名花，也并不是美酒，那一种半开、半醉的状态，在领略秋的过程上，是不合适的。不逢北国之秋，已将近十余年了。在南方每年到了秋天，总要想起陶然亭的芦花，钓鱼台的柳影，西山的虫唱，玉泉的夜月，潭柘寺的钟声。在北平即使不出门去吧，就是在皇城人海之中，租人家一椽破屋来住着，早晨起来，泡一碗浓茶，向院子一坐，你也能看得到很高很高的碧绿的天色，听得到青天下驯鸽的飞声。从槐树叶底，朝东细数着一丝一丝漏下来的日光，或在破壁腰中，静对着像喇叭似的牵牛花（朝荣）的蓝朵，自然而然地也能够感觉到十分的秋意。说到了牵牛花，我以为以蓝色或白色者为佳，紫黑色次之，淡红色最下。最好，还要在牵牛花底，教长着几根疏疏落落的尖细且长的秋草，使作陪衬。

北国的槐树，也是一种能使人联想起秋来的点缀。像花而又不是花的那一种落蕊，早晨起来，会铺得满地。脚踏上去，声音也没有，气味也没有，只能感出一点点极微细极柔软的触觉。扫街的在树影下一阵扫后，灰土上留下来的一条条扫帚的丝纹，看起来既觉得细腻，又觉得清闲，潜意识下并且还觉得有点儿落寞，古人所说的梧桐一叶而天下知秋的遥想，大约也就在这些深沉的地方。

秋蝉的衰弱的残声，更是北国的特产，因为北平处处全长着树，屋子又低，所以无论在什么地方，都听得见它们的啼唱。在南方是非要上郊外或山上去才听得到的。这秋蝉的嘶叫，在北方可和蟋蟀耗子一样，简直像是家家户户都养在家里的家虫。还有秋雨哩，北方的秋雨，也似乎比南方的下得奇，下得有味，下得更像样。

在灰沉沉的天底下，忽而来一阵凉风，便息列索落地下起雨来了。一层雨过，云渐渐地卷向了西去，天又青了，太阳又露出脸来了，着着很厚的青布单衣或夹袄的都市闲人，咬着烟管，在雨后的斜桥影里，上桥头树底下去一立，遇见熟人，便会用了缓慢悠闲的声调，微叹着互答着地说：

“唉，天可真凉了——”（这了字念得很高，拖得很长。）

“可不是吗？一层秋雨一层凉了！”

北方人念阵字，总老像是层字，平平仄仄起来，这念错的歧韵，倒来得正好。

北方的果树，到秋天，也是一种奇景。第一是枣子树；屋角，墙头，茅房边上，灶房门口，它都会一株株地长大起来。像橄榄又像鸽蛋似的这枣子颗儿，在小椭圆形的细叶中间，显出淡绿微黄的颜色的时候，正是秋的全盛时期；等枣树叶落，枣子红完，西北风就要起来了，北方便是尘沙灰土的世界，只有这枣子、柿子、葡萄，成熟到八九分的七八月之交，是北国的清秋的佳日，是一年之中最好也没有的Golden Days。

有些批评家说，中国的文人学士，尤其是诗人，都带着很浓厚的颓废的色彩，所以中国的诗文里，赞颂秋的文字的特别的多。但外国的诗人，又何尝不然？我虽则外国诗文念得不多，也不想开出帐来，做一篇秋的诗歌散文钞，但你若去一翻英德法意等诗人的集子，或各国的诗文的Anthology来，总能够看到许多关于秋的歌颂和悲啼。各著名的大诗人的长篇田园诗或四季诗里，也总以关于秋的部分，写得最出色而最有味。足见有感觉的动物，有情趣的人类，对于秋，总是一样地能特别引起深沉、幽远、严厉、萧索的感触来的。不单是诗人，就是被关闭在牢狱里的囚犯，到了秋天，我想也一定能感到一种不能自已的深情。秋之于人，何尝有国别，更何尝有人种阶级的区别呢？不过在中国，文字里有一个“秋士”的成语，读本里又有着很普遍的欧阳子的《秋声》与苏东坡的《赤壁赋》等，就觉得中国的文人，与秋的关系特别深了。可是这秋的深味，尤其是中国的秋的深味，非要在北方，才感受得到的。

南国之秋，当然也是有它的特异的地方的，比如廿四桥的明月，钱塘江的秋潮，普陀山的凉雾，荔枝湾的残荷等等，可是色彩不浓，回味不永。比起北国的秋来，正像是黄酒之与白干，稀饭之与馍馍，鲈鱼之与大蟹，黄犬之与骆驼。

秋天，这北国的秋天，若留得住的话，我愿把寿命的三分之二折去，换得一个三分之一的零头。

一九三四年八月，在北平

荷塘月色

朱自清

本文是现代抒情散文的名篇。文章写了荷塘月色美丽的景象，含蓄而又委婉地抒发了作者不满现实，渴望自由，想超脱现实而又不能的复杂的思想感情，为后人留下了旧中国正直知识分子在苦难中徘徊前进的足迹。寄托了作者一种向往于未来的人生理想，也寄托了作者对荷塘月色的喜爱之情。

这几天心里颇不宁静。今晚在院子里坐着乘凉，忽然想起日日走过的荷塘，在这满月的光里，总该另有一番样子吧。月亮渐渐地升高了，墙外马路上孩子们的欢笑，已经听不见了；妻在屋里拍着闰儿，迷迷糊糊地哼着眠歌。我悄悄地披了大衫，带上门出去。

沿着荷塘，是一条曲折的小煤屑路。这是一条幽僻的路；白天也少人走，夜晚更加寂寞。荷塘四面，长着许多树，蓊蓊郁郁的。路的一旁，是些杨柳，和一些不知道名字的树。没有月光的晚上，这路上阴森森的，有些怕人。今晚却很好，虽然月光也还是淡淡的。

路上只我一个人，背着手踱着。这一片天地好像是我的；我也像超出了平常的自己，到了另一世界里。我爱热闹，也爱冷静；爱群居，也爱独处。像今晚上，一个人在这苍茫的月下，什么都可以想，什么都可以不想，便觉是个自由的人。白天里一定要做的事，一定要说的话，现在都可不理。这是独处的妙处，我且受用这无边的荷香月色好了。

曲曲折折的荷塘上面，弥望的是田田的叶子。叶子出水很高，像亭亭的舞女的裙。层层的叶子中间，零星地点缀着些白花，有袅娜地开着的，有羞涩地打着朵儿的；正如一粒粒的明珠，又如碧天里的星星，又如刚出浴的美人。微风过处，送来缕缕清香，仿佛远处高楼上渺茫的歌声似的。这时候叶子与花也有一丝的颤动，像闪电般，霎时传过荷塘的那边去了。叶子本是肩并肩密密地挨着，这便宛然有了一道凝碧的波痕。叶子底下是脉脉的流水，遮住了，不能见一些颜色；而叶子却更见风致了。

月光如流水一般，静静地泻在这一片叶子和花上。薄薄的青雾浮起在荷塘里。叶子和花仿佛在牛乳中洗过一样；又像笼着轻纱的梦。虽然是满月，天上却有一层淡淡的云，所以不能朗照；但我以为这恰是到了好处——酣眠固不可少，小睡也别有风味的。月光是隔了树照过来的，高处丛生的灌木，落下参差的斑驳的黑影，峭楞楞如鬼一般；弯弯的杨柳的稀疏的倩影，却又像是画在荷叶上。塘中的月色并不均匀；但光与影有着和谐的旋律，如梵婀玲上奏着的名曲。

荷塘的四面，远远近近，高高低低都是树，而杨柳最多。这些树将一片荷塘重重围住；只在小路一旁，漏着几段空隙，像是特为月光留下的。树色一例是阴阴的，乍看像一团烟雾；但杨柳的丰姿，便在烟雾里也辨得出。树梢上隐隐约约的是一带远山，只有些大意罢了。树缝里也漏着一两点路灯光，没精打彩的，是渴睡人的眼。这时候最热闹的，要数树上的蝉声与水里的蛙声；但热闹是它们的，我什么也没有。

忽然想起采莲的事情来了。采莲是江南的旧俗，似乎很早就有，而六朝时为盛；从诗歌里可以约略知道。采莲的是少年的女子，她们是荡着小船，唱着艳歌去的。采莲人不用说很多，还有看采莲的人。那是一个热闹的季节，也是一个风流的季节。梁元帝《采莲赋》里说得好：

于是妖童媛女，荡舟心许；鷁首徐回，兼传羽杯；棹将移而藻挂，船欲动而萍开。尔其纤腰束素，迁延顾步；夏始春余，叶嫩花初，恐沾裳而浅笑，畏倾船而敛裾。

可见当时嬉游的光景了。这真是有趣的事，可惜我们现在早已无福消受了。

于是又记起《西洲曲》里的句子：

采莲南塘秋，莲花过人头；低头弄莲子，莲子清如水。

今晚若有采莲人，这儿的莲花也算得“过人头”了；只不见一些流水的影子，是不行的。这令我到底惦着江南了。——这样想着，猛一抬头，不觉已是自己的门前；轻轻地推门进去，什么声息也没有，妻已睡熟好久了。

一九二七年七月，北京清华园。

白马湖之冬

夏丏尊（1886—1946）

浙江绍兴人。少年时代在师塾读经书，后留学日本，因经济困窘辍学。21 岁时回国，在中学执教多年。后与叶圣陶等创办开明书店和《中学生》杂志。曾与叶圣陶合著《文心》，用小说对话形式讲解语文知识和写作技巧，对青年影响极大。有《平屋杂文》留世。本文发表于 1933 年《中学生》杂志第 40 号，这是一篇写景抒情散文。本文是作者迁居上海后，对在白马湖春晖中学执教时的生活回顾。作者选择一年中最萧索乏味，甚至有些凄冷可怕的白马湖冬天来写景抒情，不仅角度新奇，又在中领略和表现出一种特别的情趣。

在我过去四十余年的生涯中，冬的情味尝得最深刻的，要算十年前初移居白马湖的时候了。十年以来，白马湖已成了一个小村落，当我移居的时候，还是一片荒野。春晖中学的新建筑巍然矗立于湖的那一面，湖的这一面的山脚下是小小的几间新平屋，住着我和刘君心如两家。此外两三里内没有人烟。一家人于阴历十一月下旬从热闹的杭州移居这荒凉的山野，宛如投身于极带中。

那里的风，差不多日日有的，呼呼作响，好像虎吼。屋宇虽系新建，构造却极粗率，风从门窗隙缝中来，分外尖削，把门缝窗隙厚厚地用纸糊了，缝中却仍有透入。风刮得厉害的时候，天未夜就把大门关上，全家吃毕夜饭即睡入被窝里，静听寒风的怒号，湖水的澎湃。靠山的小后轩，算是我的书斋，在全屋子中风最小的一间，我常把头上的罗宋帽拉得低低地，在洋灯下工作至夜深。松涛如吼，霜月当窗，饥鼠吱吱在承尘上奔窜。我于这种时候深感到萧瑟的诗趣，常独自拨划着炉灰，不肯就睡，把自己拟诸山水画中的人物，作种种幽邈的遐想。

现在白马湖到处都是树木了，当时尚一株树木都未种。月亮与太阳都是整个儿的，从上山起直要照到下山为止。太阳好的时候，只要不刮风，那真和暖得不像冬天。一家人都坐在庭间曝日，甚至于吃午饭也在屋外，像夏天的晚饭一样。

日光晒到哪里，就把椅凳移到哪里，忽然寒风来了，只好逃难似的各自带了椅凳逃入室中，急急把门关上。在平常的日子，风来大概在下午快要傍晚的时候，半夜即息。至于大风寒，那是整日夜狂吼，要二三日才止的。最严寒的几天，泥地看去惨白如水门汀，山色冻得发紫而黯，湖波泛深蓝色。

下雪原是我所不憎厌的，下雪的日子，室内分外明亮，晚上差不多不用燃灯。远山积雪足供半个月的观看，举头即可从窗中望见。可是究竟是南方，每冬下雪不过一两次。我在那里所日常领略的冬的情味，几乎都从风来。白马湖的所以多风，可以说有着地理上的原因。那里环湖都是山，而北首却有一个半里阔的空隙，好似故意张了袋口欢迎风来的样子。白马湖的山水和普通的风景地相差不远，唯有风却与别的地方不同。风的多和大，凡是到过那里的人都知道的。风在冬季的感觉中，自古占着重要的因素，而白马湖的风尤其特别。

现在，一家僦居上海多日了，偶然于夜深人静时听到风声，大家就要提起白马湖来，说“白马湖不知今夜又刮得怎样厉害哩！”

我所知道的康桥[①]

徐志摩（1897—1931）

本文是作者初别康桥两年多后的回忆性散文，写于1926年1月。在这篇长文中，徐志摩用诗一般的语言谱写了关于康桥的回忆梦幻曲——富有灵性的康河、富丽堂皇的学院建筑、超凡脱俗的克莱亚三环桥洞、风情万种的康河之春……全文汪洋恣意，散漫无羁，如同“跑野马”，但形散而神不散，丝毫不显得杂乱无章。

① 康桥，现译剑桥，在英国东南部，这里指剑桥大学。

一

我这一生的周折，大都寻得出感情的线索。不论别的，单说求学。我到英国是为要从卢梭[①]。卢梭来中国时，我已经在美国。他那不确的死耗传到的时候，我真的出眼泪不够，还做悼诗来了。他没有死，我自然高兴。我摆脱了哥伦比亚[②]大博士衔的引诱，买船漂过大西洋，想跟这位二十世纪的福禄泰尔[③]认真念一点书去。谁知一到英国才知道事情变样了：一为他在战时主张和平；二为他离婚，卢梭叫康桥给除名了，他原来是 Trinity College 的 fellow[④]，这一来他的 fellowship[⑤]也给取消了。他回英国后就在伦敦住下，夫妻两人卖文章过日子。因此我也不曾遂我从学的始愿。我在伦敦政治经济学院里混了半年，正感着闷想换路走的时候，我认识了狄更

---

① 卢梭，现译罗素（1872—1970），英国哲学家、逻辑学家，1921 年曾来中国讲学。

② 哥伦比亚，这里指哥伦比亚大学，在美国纽约。

③ 福禄泰尔，现译伏尔泰（1694—1778），法国启蒙思想家、哲学家、作家。

④ Trinity College 的 fellow，即三一学院（属剑桥大学）的研究员。

⑤ fellowship，即研究员资格。

生[1]先生。狄更生——Goldsworthy Lowes Dickinson——是一个有名的作者，他的《一个中国人通信》（*Letters form John Chinaman*）与《一个现代聚餐谈话》（*A Modern Symposium*）两本小册子早得了我的景仰。我第一次会着他是在伦敦国际联盟协会席上，那天林宗孟[2]先生演说，他做主席；第二次是宗孟寓里吃茶，有他。以后我常到他家里去。他看出我的烦闷，劝我到康桥去，他自己是王家学院（King's College）的fellow。我就写信去问两个学院，回信都说学额早满了，随后还是狄更生先生替我去在他的学院里说好了，给我一个特别生的资格，随意选科听讲。从此黑方巾、黑披袍的风光也被我占着了。初起我在离康桥六英里的乡下叫沙士顿地方租了几间小屋住下，同居的有我从前的夫人张幼仪女士与郭虞裳[3]君。每天一早我坐街车（有时自行车）上学，到晚回家。这样的生活过了一个春，但我在康桥还只是个陌生人谁都不认识，康桥的生活，可以说完全不曾尝着，我知道的只是一个

---

① 狄更生，英国作家、学者。徐志摩在英国期间曾得到他的帮助。

② 林宗孟，即林长民，晚清立宪派人士，辛亥革命后曾任司法总长。

③ 郭虞裳，曾任上海《时事新报》的副刊《学灯》的主编，后去欧洲留学。主编职务遂由编辑宗白华接任。

图书馆，几个课室，和三两个吃便宜饭的茶食铺子。狄更生常在伦敦或是大陆上，所以也不常见他。那年的秋季我一个人回到康桥，整整有一学年，那时我才有机会接近真正的康桥生活，同时，我也慢慢地“发现”了康桥。我不曾知道过更大的愉快。

二

“单独”是一个耐寻味的现象。我有时想它是任何发现的第一个条件。你要发现你的朋友的“真”，你得有与他单独的机会。你要发现你自己的真，你得给你自己一个单独的机会。你要发现一个地方（地方一样有灵性），你也得有单独玩的机会。我们这一辈子，认真说，能认识几个人？能认识几个地方？我们都是太匆忙，太没有单独的机会。

说实话，我连我的本乡都没有什么了解。康桥我要算是有相当交情的，再次许只有新认识的翡冷翠[①]了。啊，那些清晨，那些黄昏，我一个人发痴似的在康桥！绝对的单独。

但一个人要写他最心爱的对象，不论是人是地，是多么使他为难的一个工作！你怕，你怕描坏了它，你怕说过分了

① 翡冷翠，现译佛罗伦萨，意大利中部城市。

恼了它，你怕说太谨慎了辜负了它。我现在想写康桥，也正是这样的心理，我不曾写，我就知道这回是写不好的——况且又是临时逼出来的事情。但我却不能不写，上期预告已经出去了。我想勉强分两节写：一是我所知道的康桥的天然景色；一是我所知道的康桥的学生生活。我今晚只能极简地写些，等以后有兴会时再补。

三

康桥的灵性全在一条河上。康河，我敢说是全世界最秀丽的一条水。河的名字是葛兰大（Granta），也有叫康河（River Cam）的，许有上下流的区别，我不甚清楚。河身多的是曲折，上游是有名的拜伦潭——"Byron's Pool"——当年拜伦常在那里玩的。有一个老村子叫格兰骞斯德，有一个果子园，你可以躺在累累的桃李树荫下吃茶，花果会掉入你的茶杯，小雀子会到你桌上来啄食，那真是别有一番天地。这是上游。下游是从骞斯德顿下去，河面展开，那是春夏间竞舟的场所。上下河分界处有一个坝筑，水流急得很，在星光下听水声，听近村晚钟声，听河畔倦牛刍草声，是我康桥经验中最神秘的一种：大自然的优美、宁静，调谐在这星光与波光的默契中不期然地淹入了你的性灵。

但康河的精华是在它的中权，著名的“Backs”，这两岸是几个最蜚声的学院的建筑。从上面下来是 Pembroke，St. Katharine’s，King’s，Clare，Trinity，St. John’s。最令人流连的一节是克莱亚与王家学院的毗连处，克莱亚的秀丽紧邻着王家教堂（King’s Chapel）的宏伟。别的地方尽有更美更庄严的建筑，例如巴黎赛因河的罗浮宫一带，威尼斯的利阿尔多大桥的两岸，翡冷翠维基乌大桥的周遭。但康桥的“Backs”自有它的特长，这不容易用一二个状词来概括，它那脱尽尘埃气的一种清澈秀逸的意境可说是超出了画图而化生了音乐的神味。再没有比这一群建筑更调谐更匀称的了！论画，可比的许只有柯罗（Corot）的田野；论音乐，可比的许只有肖邦（Chopin）的夜曲。就这，也不能给你依稀的印象，它给你的美感简直是神灵性的一种。

假如你站在王家学院桥边的那棵大椈树荫下眺望，右侧面，隔着一大方浅草坪，是我们的校友居（fellows building），那年代并不早，但它的妩媚也是不可掩的，它那苍白的石壁上春夏间满缀着艳色的蔷薇在和风中摇头，更移左是那教堂，森林似的尖阁不可浼的永远直指着天空；更左是克莱亚，啊！那不可信的玲珑的方庭，谁说这不是圣克莱亚（St. Clare）的化身，哪一块石上不闪耀着她当年圣洁的精神？在克莱亚后背隐约可辨的是康桥最潢贵最骄纵的三一学院

(Trinity), 它那临河的图书楼上坐镇着拜伦神采惊人的雕像。

但这时你的注意早已叫克莱亚的三环洞桥魔术似的摄住。你见过西湖白堤上的西泠断桥不是? (可怜它们早已叫代表近代丑恶精神的汽车公司给铲平了, 现在它们跟着苍凉的雷峰永远辞别了人间。) 你忘不了那桥上斑驳的苍苔, 木栅的古色, 与那桥拱下泄露的湖光与山色不是? 克莱亚并没有那样体面的衬托, 它也不比庐山栖贤寺旁的观音桥, 上瞰五老的奇峰, 下临深潭与飞瀑。它只是怯怜怜的一座三环洞的小桥, 它那桥洞间也只掩映着细纹的波粼与婆娑的树影, 它那桥上栉比的小穿栏与栏节顶上双双的白石球, 也只是村姑子头上不夸张的香草与野花一类的装饰。但你凝神地看着, 更凝神地看着, 你再反省你的心境, 看还有一丝屑的俗念沾滞不? 只要你审美的本能不曾汩灭, 这是你的机会实现纯粹美感的神奇!

但你还得选你赏鉴的时辰。英国的天时与气候是走极端的。冬天是荒谬得坏, 逢着连绵的雾盲天你一定不迟疑的甘愿进地狱本身去试试; 春天 (英国是几乎没有夏天的) 是更荒谬得可爱, 尤其是它那四五月间最渐缓最艳丽的黄昏, 那才真是寸寸黄金。在康河边上过一个黄昏是一服灵魂的补剂。啊! 我那时蜜甜的单独, 那时蜜甜的闲暇。一晚又一晚的, 只见我出神似的倚在桥阑上向西天凝望:

看一回凝静的桥影，

数一数螺钿的波纹；

我倚暖了石阑的青苔，

青苔凉透了我的心坎……

还有几句更笨重的怎能仿佛那游丝似轻妙的情景：

难忘七月的黄昏，远树凝寂，

像墨泼的山形，衬出轻柔暝色，

密稠稠，七分鹅黄，三分橘绿，

那妙意只可去秋梦边缘捕捉……

四

这河身的两岸都是四季常青最葱翠的草坪。从校友居的楼上望去，对岸草场上，不论早晚，永远有十数匹黄牛与白马，胫蹄没在恣蔓的草丛中，从容地在咬嚼，星星的黄花在风中动荡，应和着它们尾鬃的扫拂。桥的两端有斜倚的垂柳与椈荫护住。水是澈底的清澄，深不足四尺，匀匀地长着长条的水草。这岸边的草坪又是我的爱宠，在清朝，在傍晚，我常去这天然的织锦上坐地，有时读书，有时看水；有时仰卧着看天空的行云，有时反扑着搂抱大地的温软。

但河上的风流还不止两岸的秀丽。你得买船去玩。船不止一种：有普通的双桨划船，有轻快的薄皮舟（canoe），有最别致的长形撑篙船（punt）。最末的一种是别处不常有的：约莫有二丈长，三尺宽，你站直在船艄上用长竿撑着走的。这撑是一种技术。我手脚太蠢，始终不曾学会。你初起手尝试时，容易把船身横住在河中，东颠西撞的狼狈。英国人是不轻易开口笑人的，但是小心他们不出声地皱眉！也不知有多少次河中本来悠闲的秩序叫我这莽撞的外行给捣乱了。我真的始终不曾学会。每回我不服输跑去租船再试的时候，有一个白胡子的船家往往带讥讽地对我说："先生，这撑船费劲，天热累人，还是拿个薄皮舟溜溜吧！"我哪里肯听话，长篙子一点就把船撑了开去，结果还是把河身一段段的腰斩了去。

你站在桥上去看人家撑，那多不费劲，多美！尤其在礼拜天有几个专家的女郎，穿一身缟素衣服，裙裾在风前悠悠地飘着，戴一顶宽边的薄纱帽，帽影在水草间颤动，你看她们出桥洞时的姿态，捻起一根竟像没有分量的长竿，只轻轻地，不经心地往波心里一点，身子微微的一蹲，这船身便波地转出了桥影，翠条鱼似的向前滑了去。她们那敏捷，那闲暇，那轻盈，真是值得歌咏的。

在初夏阳光渐暖时你去买一只小船，划去桥边荫下躺着念你的书或是做你的梦，槐花香在水面上飘浮，鱼群的唼喋声在你的耳边挑逗。或是在初秋的黄昏，近着新月的寒光，望上流僻静处远去。爱热闹的少年们携着他们的女友，在船沿上支着双双的东洋彩纸灯，带着话匣子，船心里用软垫铺着，也开向无人迹处去享他们的野福——谁不爱听那水底翻的音乐在静定的河上描写梦意与春光！

住惯城市的人不易知道季候的变迁。看见叶子掉知道是秋，看见叶子绿知道是春；天冷了装炉子，天热了拆炉子；脱下棉袍，换上夹袍，脱下夹袍，穿上单袍：不过如此罢了。天上星斗的消息，地下泥土里的消息，空中风吹的消息，都不关我们的事。忙着哪，这样那样事情多着，谁耐烦管星星的移转，花草的消长，风云的变幻？同时我们抱怨我们的生活，苦痛、烦闷、拘束、枯燥，谁肯承认做人是快乐？谁不多少间咒诅人生？

但不满意的生活大都是由于自取的。我是一个生命的信仰者，我信生活绝不是我们大多数人仅仅从自身经验推得的那样暗惨。我们的病根是在“忘本”。人是自然的产儿，就比枝头的花与鸟是自然的产儿。但我们不幸是文明人，入世深似一天，离自然远似一天。离开了泥土的花草，离开了水的鱼，能快活吗？能生存吗？从大自然，我们取得我们的生命；从大自然，我们应分取得我们继续的资养。哪一株婆娑的大木没有盘错的根柢深入在无尽藏的地里？我们是永远不能独立的。有幸福是永远不离母亲抚育的孩子，有健康是永远接近自然的人们。不必一定与鹿豕游，不必一定回“洞府”去。为医治我们当前生活的枯窘，只要“不完全遗忘自然”一张轻淡的药方我们的病象就有缓和的希望。在青草里打几个滚，到海水里洗几次浴，到高处去看几次朝霞与晚照——你肩背上的负担就会轻松了去的。

这是极肤浅的道理，当然。但我要没有过过康桥的日子，我就不会有这样的自信。我这一辈子就只那一春，说也真可怜，算是不曾虚度。就只那一春，我的生活是自然的，是真愉快的！（虽则碰巧那也是我最感受人生痛苦的时期）我那时有的是闲暇，有的是自由，有的是绝对单独的机会。说也奇怪，竟像是第一次，我辨认了星月的光明，草的青，花的香，流水的殷勤。我能忘记那初春的睥睨吗？曾经有多少个清晨我独自冒着冷去薄霜铺地的林子里闲步——为听鸟语，为盼朝阳，为寻泥土里渐次苏醒的花草，为体会最微细最神妙的春信。啊，那是新来的画眉在那边凋不尽的青枝上试它的新声！啊，这是第一朵小雪球花挣出了半冻的地面！啊，这不是新来的潮润沾上了寂寞的柳条？

静极了，这朝来水溶溶的大道，只远处牛奶车的铃声，点缀这周遭的沉默。顺着这大道走去，走到尽头，再转入林子里的小径，往烟雾浓密处走去，头顶是交枝的榆荫，透露着漠楞楞的曙色，再往前走去，走尽这林子，当前是平坦的原野，望见了村舍，初青的麦田，更远三两个馒形的小山掩住了一条通道。天边是雾茫茫的，尖尖的黑影是近村的教寺。听，那晓钟和缓的清音。这一带是此邦中部的平原，地形像是海里的轻波，默沉沉的起伏。山岭是望不见的，有的是常青的草原与沃腴的田壤。登那土阜上望去，康桥只是一带茂林，拥戴着几处娉婷的尖阁。妩媚的康河也望不见踪迹，你只能循着那锦带似的林木想象那一流清浅。村舍与树林是这地盘上的棋子，有村舍处有佳荫，有佳荫处有村舍。这早起是看炊烟的时辰：朝雾渐渐的升起，揭开了这灰苍苍的天幕（最好是微霰后的光景），远近的炊烟，成丝的、成缕的、成卷的、轻快的、迟重的、浓灰的、淡青的、惨白的，在静定的朝气里渐渐地上腾，渐渐地不见，仿佛是朝来人们的祈祷，参差的翳入了天听。朝阳是难得见的，这初春的天气。但它来时是起早人莫大的愉快。顷刻间这田野添深了颜色，一层轻纱似的金粉糁上了这草，这树，这通道，这庄舍。顷刻间这周遭弥漫了清晨富丽的温柔。顷刻间你的心怀也分润了白天诞生的光荣。“春”！这胜利的晴空仿佛在你的耳边私语。

“春”！你那快活的灵魂也仿佛在那里回响。

伺候着河上的风光，这春来一天有一天的消息。关心石上的苔痕，关心败草里的花鲜，关心这水流的缓急，关心水草的滋长，关心天上的云霞，关心新来的鸟语。怯伶伶的小雪球是探春信的小使。铃兰与香草是欢喜的初声。窈窕的莲馨，玲珑的石水仙，爱热闹的克罗克斯，耐辛苦的蒲公英与雏菊——这时候春光已是烂漫在人间，更不须殷勤问讯。

瑰丽的春放，这是你野游的时期。可爱的路政，这里不比中国，哪一处不是坦荡荡的大道？徒步是一个愉快，但骑自转车是一个更大的愉快，在康桥骑车是普遍的技术，妇人、稚子、老翁，一致享受这双轮舞的快乐。（在康桥听说自转车是不怕人偷的，就为人人都自己有车，没人要偷。）任你选一个方向，任你上一条通道，顺着这带草味的和风，放轮远去，保管你这半天的逍遥是你性灵的补剂。这道上有的是清荫与美草，随地都可以供你休憩。你如爱花，这里多的是锦绣似的草原。你如爱鸟，这里多的是巧啭的鸣禽。你如爱儿童，这乡间到处是可亲的稚子。你如爱人情，这里多的是不嫌远客的乡人，你到处可以“挂单”借宿，有酪浆与嫩薯供你饱餐，有夺目的果鲜恣你尝新。你如爱酒，这乡间每“望”都为你储有上好的新酿，黑啤如太浓，苹果酒、姜酒都是供你解渴润肺的……带一卷书，走十里路，选一块清静地，看天，听鸟，读书，倦了时，和身在草绵绵处寻梦去——你能想象更适情更适性的消遣吗？

陆放翁有一联诗句："传呼快马迎新月，却上轻舆趁晚凉。"这是做地方官的风流。我在康桥时虽没马骑，没轿子坐，却也有我的风流：我常常在夕阳西晒时骑了车迎着天边扁大的日头直追。日头是追不到的，我没有夸父的荒诞，但晚景的温存却被我这样偷尝了不少。有三两幅画图似的经验至今还是栩栩的留着。只说看夕阳，我们平常只知道登山或是临海，但实际只需辽阔的天际，平地上的晚霞有时也是一样的神奇。有一次我赶到一个地方，手把着一家村庄的篱笆，隔着一大田的麦浪，看西天的变幻。有一次是正冲着一条宽广的大道，过来一大群羊，放草归来的，偌大的太阳在它们后背放射着万缕的金辉，天上却是乌青青的，只剩这不可逼视的威光中的一条大路，一群生物，我心头顿时感着神异性的压迫，我真的跪下了，对着这冉冉渐翳的金光。再有一次是更不可忘的奇景，那是临着一大片望不到头的草原，满开着艳红的罂粟，在青草里亭亭像是万盏的金灯，阳光从褐色云斜着过来，幻成一种异样紫色，透明似的不可逼视，刹那间在我迷眩了的视觉中，这草田变成了……不说也罢，说来你们也是不信的！

一别二年多了，康桥，谁知我这思乡的隐忧？也不想别的，我只要那晚钟撼动的黄昏，没遮拦的田野，独自斜倚在软草里，看第一个大星在天边出现！

温州的踪迹

朱自清

本文包括四篇小散文，这四篇小散文风格各异，读来别有感想。通过阅读此文，就等于游了一趟温州，将带我们到一个诗情画意、真情洋溢的好地方。感受了梅雨潭的绿、白水漈的细，同时了解到生命的低贱和命运的悲惨。

一 “月朦胧，鸟朦胧，帘卷海棠红”

这是一张尺多宽的小小的横幅，马孟容君画的。上方的左角，斜着一卷绿色的帘子，稀疏而长；当纸的直处三分之一，横处三分之二。帘子中央，着一黄色的，茶壶嘴似的钩儿——就是所谓软金钩么？“钩弯”垂着双穗，石青色；丝缕微乱，若小曳于轻风中。纸右一圆月，淡淡的青光遍满纸上；月的纯净，柔软与平和，如一张睡美人的脸。从帘的上端向右斜伸而下，是一枝交缠的海棠花。花叶扶疏，上下错落着，共有五丛；或散或密，都玲珑有致。叶嫩绿色，仿佛掐得出水似的；在月光中掩映着，微微有浅深之别。花正盛开，红艳欲流；黄色的雄蕊历历的，闪闪的。衬托在丛绿之间，格外觉着妖娆了。枝欹斜而腾挪，如少女的一只臂膊。枝上歇着一对黑色的八哥，背着月光，向着帘里。一只歇得高些，小小的眼儿半睁半闭的，似乎在入梦之前，还有所留恋似的。那低些的一只别过脸来对着这一只，已缩着颈儿睡了。帘下是空空的，不着一些痕迹。

试想在圆月朦胧之夜，海棠是这样的妩媚而嫣润；枝头的好鸟为什么却双栖而各梦呢？在这夜深人静的当儿，那高踞着的一只八哥儿，又为何尽撑着眼皮儿不肯睡去呢？他到底等什么来着？舍不得那淡淡的月儿么？舍不得那疏疏的帘儿么？不，不，不，您得到帘下去找，您得向帘中去找——您该找着那卷帘人了？他的情韵风怀，原是这样这样的哟！朦胧的岂独月呢；岂独鸟呢？但是，咫尺天涯，教我如何耐得？我拼着千呼万唤；你能够出来么？

这页画布局那样经济，设色那样柔活，故精彩足以动人。虽是区区尺幅，而情韵之厚，已足沦肌浃髓而有余。我看了这画，瞿然而惊；留恋之怀，不能自已。故将所感受的印象细细写出，以志这一段因缘。但我于中西的画都是门外汉，所说的话不免为内行所笑。——那也只好由他了。

一九二四年二月一日，温州作。

二　绿

我第二次到仙岩的时候，我惊诧于梅雨潭的绿了。

梅雨潭是一个瀑布潭。仙岩有三个瀑布，梅雨瀑最低。走到山边，便听见花花花花的声音；抬起头，镶在两条湿湿的黑边儿里的，一带白而发亮的水便呈现于眼前了。我们先到梅雨亭。梅雨亭正对着那条瀑布；坐在亭边，不必仰头，便可见它的全体了。亭下深深的便是梅雨潭。这个亭踞在突出的一角的岩石上，上下都空空儿的；仿佛一只苍鹰展着翼翅浮在天宇中一般。三面都是山，像半个环儿拥着；人如在井底了。这是一个秋季的薄阴的天气。微微的云在我们顶上流着；岩面与草丛都从润湿中透出几分油油的绿意。而瀑布也似乎分外的响了。那瀑布从上面冲下，仿佛已被扯成大小的几绺；不复是一幅整齐而平滑的布。岩上有许多棱角；瀑流经过时，作急剧的撞击，便飞花碎玉般乱溅着了。那溅着的水花，晶莹而多芒；远望去，像一朵朵小小的白梅，微雨似的纷纷落着。据说，这就是梅雨潭之所以得名了。但我觉得像杨花，格外确切些。轻风起来时，点点随风飘散，那更是杨花了。——这时偶然有几点送入我们温暖的怀里，便倏的钻了进去，再也寻它不着。

梅雨潭闪闪的绿色招引着我们；我们开始追捉她那离合的神光了。揪着草，攀着乱石，小心探身下去，又鞠躬过了一个石穹门，便到了汪汪一碧的潭边了。瀑布在襟袖之间；但我的心中已没有瀑布了。我的心随潭水的绿而摇荡。那醉人的绿呀！仿佛一张极大极大的荷叶铺着，满是奇异的绿呀。我想张开两臂抱住她；但这是怎样一个妄想呀。——站在水边，望到那面，居然觉着有些远呢！这平铺着，厚积着的绿，着实可爱。她松松的皱缬着，像少妇拖着的裙幅；她轻轻的摆弄着，像跳动的初恋的处女的心；她滑滑的明亮着，像涂了“明油”一般，有鸡蛋清那样软，那样嫩，令人想着所曾触过的最嫩的皮肤；她又不杂些儿尘滓，宛然一块温润的碧玉，只清清的一色——但你却看不透她！我曾见过北京什刹海拂地的绿杨，脱不了鹅黄的底子，似乎太淡了。我又曾见过杭州虎跑寺近旁高峻而深密的“绿壁”，丛叠着无穷的碧草与绿叶的，那又似乎太浓了。其余呢，西湖的波太明了，秦淮河的也太暗了。可爱的，我将什么来比拟你呢？我怎么比拟得出呢？大约潭是很深的，故能蕴蓄着这样奇异的绿；仿佛蔚蓝的天融了一块在里面似的，这才这般的鲜润呀。——那醉人的绿呀！我若能裁你以为带，我将赠给那轻盈的舞女；她必能临风飘举了。我若能挹你以为眼，我将赠给那善歌的盲妹；她必明眸善睐了。我舍不得你；我怎舍得你呢？我用手拍着你，抚摩着你，如同一个十二三岁的小姑娘。我又掬你入口，便是吻着她了。我送你一个名字，我从此叫你“女儿绿”，好么？

我第二次到仙岩的时候，我不禁惊诧于梅雨潭的绿了。

二月八日，温州作。

三　白水漈

几个朋友伴我游白水漈。

这也是个瀑布；但是太薄了，又太细了。有时闪着些须的白光；等你定睛看去，却又没有——只剩一片飞烟而已。从前有所谓“雾縠”，大概就是这样了。所以如此，全由于岩石中间突然空了一段；水到那里，无可凭依，凌虚飞下，便扯得又薄又细了。当那空处，最是奇迹。白光嬗为飞烟，已是影子，有时却连影子也不见。有时微风过来，用纤手挽着那影子，它便袅袅的成了一个软弧；但她的手才松，它又像橡皮带儿似的，立刻伏伏贴贴的缩回来了。我所以猜疑，或者另有双不可知的巧手，要将这些影子织成一个幻网。——微风想夺了她的，她怎么肯呢？

幻网里也许织着诱惑；我的依恋便是个老大的证据。

三月十六日，宁波作。

四 生命的价格——七毛钱

生命本来不应该有价格的；而竟有了价格！人贩子，老鸨，以至近来的绑票土匪，都就他们的所有物，标上参差的价格，出卖于人；我想将来许还有公开的人市场呢！在种种“人货”里，价格最高的，自然是土匪们的票了，少则成千，多则成万；大约是有历史以来，“人货”的最高的行情了。其次是老鸨们所有的妓女，由数百元到数千元，是常常听到的。最贱的要算是人贩子的货色！他们所有的，只是些男女小孩，只是些“生货”，所以便卖不起价钱了。

人贩子只是“仲买人”，他们还得取给于“厂家”，便是出卖孩子们的人家。“厂家”的价格才真是道地呢！《青光》里曾有一段记载，说三块钱买了一个丫头；那是移让过来的，但价格之低，也就够令人惊诧了！“厂家”的价格，却还有更低的！三百钱，五百钱买一个孩子，在灾荒时不算难事！但我不曾见过。我亲眼看见的一条最贱的生命，是七毛钱买来的！这是一个五岁的女孩子。一个五岁的“女孩子”卖七毛钱，也许不能算是最贱；但请您细看：将一条生命的自由和七枚小银元各放在天平的一个盘里，您将发见，正如九头牛与一根牛毛一样，两个盘儿的重量相差实在太远了！

我见这个女孩，是在房东家里。那时我正和孩子们吃饭；妻走来叫我看一件奇事，七毛钱买来的孩子！孩子端端正正的坐在条凳上；面孔黄黑色，但还丰润；衣帽也还整洁可看。我看了几眼，觉得和我们的孩子也没有什么差异；我看不出她的低贱的生命的符记——如我们看低贱的货色时所容易发见的符记。我回到自己的饭桌上，看看阿九和阿菜，始终觉得和那个女孩没有什么不同！但是，我毕竟发见真理了！我们的孩子所以高贵，正因为我们不曾出卖他们，而那个女孩所以低贱，正因为她是被出卖的；这就是她只值七毛钱的缘故了！呀，聪明的真理！

妻告诉我这孩子没有父母，她哥嫂将她卖给房东家姑爷开的银匠店里的伙计，便是带着她吃饭的那个人。他似乎没有老婆，手头很窘的，而且喜欢喝酒，是一个糊涂的人！我想这孩子父母若还在世，或者还舍不得卖她，至少也要迟几年卖她；因为她究竟是可怜可怜的小羔羊。到了哥嫂的手里，情形便不同了！家里总不宽裕，多一张嘴吃饭，多费些布做衣，是显而易见的。将来人大了，由哥嫂卖出，究竟是为难的；说不定还得找补些儿，才能送出去。这可多么冤呀！不如趁小的时候，谁也不注意，做个人情，送了干净！您想，温州不算十分穷苦的地方，也没碰着大荒年，干什么得了七个小毛钱，就心甘情愿的将自己的小妹子捧给人家呢？说等钱用？谁也不信！七毛钱了得什么急事！温州又不是没人买的！大约买卖两方本来相知；那边恰要个孩子顽儿，这边也乐得出脱，便半送半卖的含糊定了交易。我猜想那时伙计向袋里一摸一股脑儿掏了出来，只有七毛钱！哥哥原也不指望着这笔钱用，也就大大方方收了完事。于是财货两交，那女孩便归伙计管业了！

这一笔交易的将来，自然是在运命手里；女儿本姓"碰"，由她去碰罢了！但可知的，运命决不加惠于她！第一幕的戏已启示于我们了！照妻所说，那伙计必无这样耐心，抚养她成人长大！他将像豢养小猪一样，等到相当的肥壮的时候，便卖给屠户，任他宰割去；这其间他得了赚头，是理所当然的！但屠户是谁呢？在她卖做丫头的时候，便是主人！“仁慈的”主人只宰割她相当的劳力，如养羊而剪它的毛一样。到了相当的年纪，便将她配人。能够这样，她虽然被撇在丫头坯里，却还算不幸中之幸哩。但在目下这钱世界里，如此大方的人究竟是少的；我们所见的，十有六七是刻薄人！她若卖到这种人手里，他们必拶榨她过量的劳力。供不应求时，便骂也来了，打也来了！等她成熟时，却又好转卖给人家作妾；平常拶榨的不够，这儿又找补一个尾子！偏生这孩子模样儿又不好；入门不能得丈夫的欢心，容易遭大妇的凌虐，又是显然的！她的一生，将消磨于眼泪中了！也有些主人自己收婢作妾的；但红颜白发，也只空断送了她的一生！和前例相较，只是五十步与百步而已。——更可危的，她若被那伙计卖在妓院里，老鸨才真是个令人肉颤的屠户呢！我们可以想到：她怎样逼她学弹学唱，怎样驱遣她去做粗活！怎样用藤筋打她，用针刺她！怎样督责她承欢卖笑！她怎样吃残羹冷饭！怎样打熬着不得睡觉！怎样终于生了一身毒疮！她的像貌使她只能做下等妓女；她的沦落风尘是终生的！她的悲剧也是终生的！——唉！七毛钱竟买了你的全生命——你的血肉之躯竟抵不上区区七个小银元么？生命真太贱了！生命真太贱了！

因此想到自己的孩子的运命，真有些胆寒！钱世界里的生命市场存在一日，都是我们孩子的危险！都是我们孩子的侮辱！您有孩子的人呀，想想看，这是谁之罪呢？这是谁之责呢？

四月九日，宁波作。

（原刊《我们的七月》）

秋栖霞

周瘦鹃（1895—1968）

名祖福，字国贤，祖籍安徽，生于上海。现代作家，文学翻译家。曾在上海历任中华书局、《申报》、《新闻报》等单位的编辑和撰稿人，其间主编《申报》副刊达十余年之久。还主编过《礼拜六》《紫罗兰》《半月》《乐观月刊》等刊物。1949年后，一边写作，一边从事园艺工作。著有《花花草草》《花前琐记》《花前续记》《花木丛中》《拈花集》等多部作品。本文是作者秋游栖霞山创作的一篇游记。

栖霞山的红叶，憧憧心头已有好多年了。这次偕程小青兄上南京出席会议，等到闭幕之后，便一同去游了栖霞山。

南京本有一句俗语，叫做“春牛首，秋栖霞”，就是说春天应该游牛首山，秋天应该游栖霞山。因为栖霞山上有不少的三角枫和阔叶树，深秋经霜之后，树叶全都红了，如火如荼地十分美观。唐人诗中所谓“霜叶红于二月花”，确是并不夸张。记得在抗日战争期间，曾有一位文友写信给我说：“秋深了，栖霞山的枫叶仍是异样的红，只是红的色素中已带了些惨黯的成分，阳光射在叶上，越发反映出一种可怕的颜色。‘丹枫不是寻常色，半是啼痕半血痕’，整个的中国，也已不是寻常的景色，真的半是啼痕半是血痕啊！”可是现在我们走上栖霞山来看红叶，却怀着一腔是愉快的心情，所可惜的，霜降节才过，枫叶还没有全红，大约还要再过半月，就那红叶满山，才是“秋栖霞”的全盛时代了。

我们先在栖霞古寺门前看了看那块用梅花石凿成的一丈多高的明征君碑，又看到了碑阴“栖霞”两个劈窠大字，很为劲挺，相传是唐高宗李治的亲笔。从寺旁拾级而登，看到了那座创建于隋代而重建于南唐时代的舍利塔，浮雕的四天王像和释迦八相图，都是十分精工的。附近一带的山石，都凿成了大大小小的佛龛，龛中都是佛像。我最欣赏那座称为三圣殿的大佛龛，中供一丈多高的无量寿佛坐像，两旁有观音、势至两菩萨的立像，宝相庄严，不同凡俗。而最足动人观感的，在一个佛龛中却并不是佛而是一个石匠，一手执锤，一手执凿，表现出劳动人民工作时的形象，据说那许多大小佛龛和佛像，全是他一手凿成的。

一步步走将上去，见大大小小的佛龛和佛像，更多得不可胜数。据说从齐、梁，以至唐、宋、元、明诸代陆续增凿增刻，多至七百余尊，都是依着岩石的高低，散布在左右上下，号称千佛，因此定名千佛岩。这里一片翠绿，全是松树，与枫树互相掩映，到了枫树红酣的时节，那真变做一个锦绣谷，美不胜收了。

一九五七年十月

大明湖之春

老　舍（1899—1966）

原名舒庆春，字舍予，北京人，中国现代小说家、著名作家，杰出的语言大师、人民艺术家，新中国第一位获得“人民艺术家”称号的作家。代表作品有《骆驼祥子》《四世同堂》《茶馆》等。本文描写了两季迥然不同的景致。大明湖春天残败凄凉情形、秋天充满画意，来抒发作者对当时的大明湖的感叹。

北方的春本来就不长，还往往被狂风给七手八脚地刮了走。济南的桃李丁香与海棠什么的，差不多年年被黄风吹得一干二净，地暗天昏，落花与黄沙卷在一处，再睁眼时，春已过去了！记得有一回，正是丁香乍开的时候，也就是下午两三点钟吧，屋中就非点灯不可了；风是一阵比一阵大，天色由灰而黄，而深黄，而黑黄，而漆黑，黑得可怕。第二天去看院中的两株紫丁香，花已像煮过一回，嫩叶几乎全破了！济南的秋冬，风倒很少，大概都留在春天刮呢。

有这样的风在这儿等着，济南简直可以说没有春天；那么，大明湖之春更无从说起。

济南的三大名胜，名字都起得好：千佛山，趵突泉，大明湖，都多么响亮好听！一听到“大明湖”这三个字，便联想到春光明媚和湖光山色等等，而心中浮现出一幅美景来。事实上，可是，它既不大，又不明，也不湖。

湖中现在已不是一片清水，而是用坝划开的多少块“地”。“地”外留着几条沟，游艇沿沟而行，即是逛湖。水田不需要多么深的水，所以水黑而不清；也不要急流，所以水定而无波。东一块莲，西一块蒲，土坝挡住了水，蒲苇又遮住了莲，一望无景，只见高高低低的“庄稼”。艇行沟内，如穿高粱地然，热气腾腾，碰巧了还臭气烘烘。夏天总算还好，假若水不太臭，多少总能闻到一些荷香，而且必能看到些绿叶儿。春天，则下有黑汤，旁有破烂的土坝；风又那么野，绿柳新蒲东倒西歪，恰似挣命。所以，它既不大，又不明，也不湖。话虽如此，这个湖到底得算个名胜。湖之不大与不明，都因为湖已不湖。假若能把“地”都收回，拆开土坝，挖深了湖身，它当然可以马上既大且明起来：湖面原本不小，而济南又有的是清凉的泉水呀。这个，也许一时做不到。不过，即使做不到这一步，就现状而言，它还应当算作名胜。北方的城市，要找有这么一片水的，真是好不容易了。千佛山满可以不算数儿，配作个名胜与否简直没多大关系。因为山在北方不是什么难找的东西呀。水，可大难找了。济南城内据说有七十二泉，城外有河，可是还非有个湖不可。泉，池，河，湖，四者俱备，这才显出济南的特色与可贵。它是北方唯一的“水城”，这个湖是少不得的。设若我游湖时，只见沟而不见湖，请到高处去看看吧，比如在千佛山上往北眺望，则见城北灰绿的一片——大明湖；城外，华鹊二山夹着弯弯的一道灰亮光儿——黄河。这才明白了济南的不凡，不但有水，而且是这样多呀。

况且，湖景若无可观，湖中的出产可是很名贵呀。懂得什么叫作美的人或者不如懂得什么好吃的人多吧，游过苏州的往往只记得此地的点心，逛过西湖的提起来便念叨那里龙井茶、藕粉与莼菜什么的，吃到肚子里的也许比一过眼的美景更容易记住，那么大明湖的蒲菜、茭白、白花藕，还真许是它驰名天下的重要原因呢。不论怎么说吧，这些东西既都是水产，多少总带者些南国风味；在夏天，青菜挑子上带着一束束的大白莲花出卖，在北方大概只有济南能这么

“阔气”。

我写过一本小说——《大明湖》——在“一·二八”与商务印书馆一同被火烧掉了。记得我描写过一段大明湖的秋景，词句全想不起来了，只记得是什么什么秋。桑子中先生给我画过一张油画，也画的是大明湖之秋，现在还在我的屋中挂着。我写的，他画的，都是大明湖，而且都是大明湖之秋，这里大概有点意思。对了，只是在秋天，大明湖才有些美呀。济南的四季，唯有秋天最好，晴暖无风，处处明朗。这时候，请到城墙上走走，俯视秋湖，败柳残荷，水平如镜；唯其是秋色，所以连那些残破的土坝也似乎正与一切景物配合：土坝上偶尔有一两截断藕，或一些黄叶的野蔓，配着三五枝芦花，确是有些画意。“庄稼”已都收了，湖显着大了许多，大了当然也就显着明。不仅是湖宽水净，显着明美，抬头向南看，半黄的千佛山就在面前，开元寺那边的“橛子”——大概是个塔吧——静静的立在山头上。往北看，城外的河水很清，菜畦中还生着短短的绿叶。往南往北，往东往西，看吧，处处空阔明朗，有山有湖，有城有河，到这时候，我们真得到个“明”字了。

桑先生那张画便是在北城墙上面的，湖边只有几株秋柳，湖中只有一只游艇，水作灰蓝色，柳叶儿半黄。湖外，他画上了千佛山；湖光山色，联成一幅秋图，明朗，素净，柳梢上似乎吹着点不大能觉出来的微风。

对不起，题目是大明湖之春，我却说了大明湖之秋，可谁教亢德先生出错了题呢！

探梅帖

陈　武（1963—　）

江苏东海人，中国作家协会会员，江苏省作家协会理事，一级作家。长、中、短篇小说在《人民文学》《中国作家》《作家》《十月》《钟山》《花城》《天涯》等杂志发表，共计500余万字。多篇小说被《小说选刊》《小说月报》《中篇小说选刊》《中华文学选刊》《北京文学·中篇小说月报》《作品与争鸣》等选载。出版各类文学作品三十余部。多次获得紫金山文学奖、花果山文学奖等文学奖项。本文通过作者游曾园的所感所悟，表达出对生命的尊重，对生活的礼赞，并发现生活的新奇和诗意，发现周围的平淡和美丽。

曾园，现在叫曾赵园。但我习惯上还叫它曾园。

我不是第一次来了。每次来都有不同的感想。曾经有一次，是参加常熟朋友的作品首发式，和李惊涛、张亦辉两位好友，在常熟作家王晓明、潘吉、皇甫卫明、葛丽萍等的陪同下玩了小半天，当时正是夏天，荷花正开，我们在湖边、曲桥等景点照了相，大家呼呼啦啦走过，嘻嘻哈哈开心，没能好好感受江南私家园林的建筑趣味和细节之美。但荷花的娇艳和大家的快乐，还是深刻地留在记忆里。

这次来曾园，是在近午十一时。可能是冬日之故、又接近春节吧，园子里几无游客，我一个人漫步在园子里——那可真是漫步啊，那些建筑，那些廊榭，那些亭阁，各色小桥和看似不规则、实际很讲究的湖泊，那些拐拐角角里的花圃、苗木、碑刻、太湖石，我都有充足的时间和它们对视、交流了。有许多茶花还在开放，不少蜜蜂也在花蕊里采蜜；还有蔷薇，居然也有待放的花骨朵儿，真是不依时节乱开花啊。而花开当时的，当然是蜡梅了。曾园的蜡梅不是一株两株，而是很多株，有的在曲廊侧，有的在假山边，有的在湖亭畔。花开都很盛，满枝满树，花香四溢，在阳光下细看，蜡梅花的花蕊中真的现着隐约的蜡光。更为难得的是，蜡梅的树干，那弯曲的走势、高度和树冠的造型，居然和周围的主景十分协调，我怀疑这是园艺师的有意为之。

和蜡梅怒放形成对应的是红梅的不事张扬。

曾园里有许多株梅树，树干不像蜡梅那么老虬奇拙，分布也更密集些，桥头、湖边、廊下、绿地、苗圃里，都有。因时令还早，梅花还没有开放，只有个别得风得雨又朝阳的枝条上，鼓出了颗颗蕾芽，小的如粟米，大的如豆粒，有的花蕾已裂了一条缝，红叶初现、着势待开的样子。我思忖着，看来要等些日才能开放了。古人称赏梅曰“探梅”。这个“探”字用得好，因为梅花的开，不是在固定的某日，就算同一棵树上，同一根枝条上，也是逐渐地开，非探探才感觉有情有致。既然是“探梅”而来，不候我开放也只能是顺其自然了。但还是心生遗憾。就在这时，我已步入一个小院，猛一抬头，被霞光晃了一下眼，呀，一树的红梅，正在怒放！

这种惊喜来得太快，情感上还没有准备好似的，心情过分的大好起来。

这株梅花算不上有多老，但树型高大，枝条伸出屋檐数米，一根根斜伸的枝条上，梅花错落有致地开放。我注目观望，或全开，或半开，花形都很美，香气也淡淡地来。为什么别处的梅都没有开，独独这一株怒放呢？可能和它独处一个院落有关吧，院深墙高，有两个门，南为正门，西为侧门，梅树生在主建筑的廊前，又靠近东墙，风进风出，阳光普照，所以它比别处的梅开得早。这真是个好地方，如果主人在室内读书，透过格子窗棂，能看见伸下来的串串梅花，还有什么琐事可烦？为了保留这美好的时刻，我拿出手机，连拍了数张。

从小院出来，心里还都是梅花——好心情真是有延续性的。走到湖畔长廊尽头的茶社，要了一杯虞山绿茶，还拿了几本杂书，坐在廊下，翻闲书，饮香茶，任阳光照在我的身上。而湖的另一侧，那个小院里，梅花正开，馨香飘散，整个曾园的梅花，仿佛瞬间全开了一样，香气一直萦绕。曾朴当年写作《孽海花》，在这样的环境里，会不会被梅香所扰呢？且不去管他了。我现在就在曾家，喝着他家的茶，不曾再有别的心思了。

我在朋友圈发了探梅的照片，整个九宫格里全是梅花——就仿佛好酒好茶要和好朋友分享一样，我要和朋友们分享早开的梅花，果然，不消数分钟，就有上百人点赞了。我觉得不过瘾，又分别给家人和公司的同事群里分享九宫格里没有的数十幅梅花图。

从曾园到街上，在附近一家小馆子里用餐，要了一碗米饭，一碟水芹炒香干，一碟青菜炒香菇，一大段清蒸咸鱼，一瓶黄酒。包括黄酒在内，一共才36块钱，真心不贵。觉得这都是沾了梅花的光，便把酒菜也拍了照片，发到公司的群里去了。马上就有同事说："陈老师的一天：游山玩水；赏梅赏景；品茶小读；享清淡营养美味；美美的生活……我们的一天呢？”另一个同事跟道：“嫉妒！”哈哈，隔着手机，我都能感受到他们和我一样的快乐！

2019 年 1 月 22 日深夜于常熟旅次

一座照亮古镇的楼

潘　吉（1962—　）

中国作家协会会员，江苏省常熟市作家协会副主席。在《人民文学》《长城》《延河》《雨花》《边疆文学》等全国三十余家文学期刊发表小说、散文二百余万字，有作品入选《小说选刊》《中华文库》《金牌小说》等，出版长篇小说《因为有爱》、中短篇小说集《梅林深处》《目光》、散文集《与梧桐对话》、儿童文学《寻找花花》等八部。本文作者将带我们走进江苏常熟古里镇的著名藏书楼——瞿氏“铁琴铜剑楼”，了解瞿家“读书、藏书、刻书、护书、献书”那一幕幕壮举。

如果说一本书可以影响一个人的一生，那么一座楼可以照亮一个小镇的精彩，这座楼就是位于江苏常熟古里镇的著名藏书楼——瞿氏“铁琴铜剑楼”。他像一颗镶嵌在江南水乡的璀璨明珠，莹莹发光；又像一叠静卧于吴越大地的历史书卷，清香四溢。

走进古里镇西街的铁琴铜剑楼，阳光正穿过古旧的花格窗棂，斜投在青砖木柱上，那斑驳的光影，立即让人有一种穿越时空的感觉。过去和现在、历史和现实，似乎只是一窗之隔。如果你是一位富于想象或喜欢怀旧的人，也许就能闻到缕缕书香，悠悠绵绵。这书香，早已不是那种淡淡的芸香，却依然给人一种沁人心脾的感受，似一股清新的气息，氤氲透骨。置身其中，仿佛回到从前，从淡青或浅黄的缥缃里，阅看蕴藏至深的记忆。在偌大的一进又一进的粉墙黛瓦里，我终于在东北角找到了那栋最想见的小楼。在我记忆里，那是一处保留最久最完好的书房，也是铁琴铜剑楼主人最早藏书的地方。他像一位深居简出的读书人，安安静静地固守在祖辈积淀的历史里。望着熟悉的木楼梯，我仿佛听到那拾级登楼的“吱嘎”声，只可惜如今已不能攀缘而上。他真的已经很老了，我怎能忍心再踩在他的肩膀上往上爬呢。

三十多年前，我从城里转到古里求学时，曾肆意地惊扰过这栋小楼。当年，我还是个懵懂的孩子，经常踩着他的肩膀爬上爬下，与几个同学玩捉迷藏。那时的铁琴铜剑楼正被小镇上的文化站占据着，既是员工的工作场所，又是百姓的生活居室。文化站的工作人员带着家眷都住在里面，每天“叮叮当当”奏着锅碗瓢盆交响曲，窗台上、过道里，扯着色彩各异但并不斑斓的“彩旗”，孩子们一放学就在楼前的院子里嬉戏。我居住在镇上的邮电所里，与铁琴铜剑楼一街之隔，况且文化站长的儿子又是我的同班同学，因此铁琴铜剑楼自然就成了我们这些孩子玩耍的乐园。在这样一个氛围里，除了玩耍，也让我接触了很多书，要知道在那个文学荒芜的年代，一本好书就像金子般珍贵，很难拥有，只能借阅，但借也很难，即便像《红岩》《太阳照在桑干河上》《苦菜花》这些书，人家也一般不肯外借，若能借你，也要先用纸将书包好，然后像地下党接头那样找个安全的地方偷偷交接。好在那位居住在文化站里的同学经常从铁琴铜剑楼里“偷”书借我阅读，虽然那些书不是原本铁琴铜剑楼的典藏古籍，但我依然像觅到宝贝一样兴奋不已。

往事如烟，随着岁月年轮的转动，好多事渐行渐远，而在铁琴铜剑楼里发生的故事依然那么清晰，仿佛就在眼前。记得 1976 年 5 月的一天，铁琴铜剑楼来了一帮风尘仆仆的陌生人，我恰好在那里玩耍，只见一位老人在院子里数着正步往中间走去，走了几步就停下来，指着脚下的地面，对几个同来的人比画着说了几句话，大家就开始忙碌地挖起地来。我不知道挖啥东西，想看个究竟，不料被大人们赶到一边去。我远远望着，只见那位老人从一个挖好的土坑里小心翼翼地抱出一个小坛子，交给旁边的人。后来才知道，那位老人就是铁琴铜剑楼的第五代传人之一的瞿旭初，因从小喜爱书画金石，父亲瞿启甲将祖传印章留他继承，那个坛子就是抗战那年瞿家埋下的一个秘密。1937 年，日本侵略者大举进攻我国华东地区，瞿氏后人把家中大部分藏品分散隐藏之后，将一批珍贵藏品埋入了地下，并约定，这个秘密绝对不能外传，更不能让日本人知道。瞿氏后人用爱国之情、团结之力保护了这些珍贵文物。时隔四十载，当七十二岁的瞿旭初老人把那个埋藏已久的坛子从沉睡的地下捧起时，心情十分激动，当即将坛子里的东西全部捐赠给了常熟文管会。小小的一个坛子，竟藏着五百六十多枚印章，其中包括自秦汉以来的各种官印和清代名家藏印等，特别是那枚隋唐官印“左鹰扬卫温阳府印”，有着极高的文物价值，在国内可谓凤毛麟角，备受世人关注。

酷爱藏书的瞿氏家族有这样一条家训：“书勿分散，不能守则归之公。”铁琴铜剑楼的藏书之所以能完好地保存到今天，与这条家训是密不可分的。用瞿旭初弟弟瞿凤起的话来说：“老祖宗关照的，能保则保，不保则捐。”瞿氏第五代传人瞿济苍、瞿旭初、瞿凤起三兄弟一直记着老祖宗这句话，从解放初的1950年起就开始向北京、上海等图书馆和文管会捐赠家藏的数十种数千册的宋元明善本书。时任中央文化部副部长的郑振铎，代表中央人民政府在致给瞿氏三兄弟的信中说："铁琴铜剑楼藏书，保存五世，历年逾百，实为海内私家藏书最完善的宝库。先生们化私为公，将尊藏宋元明刊本及钞校本……捐献中央人民政府，受领之余，感佩莫名。此项爱护文物、信任政府之热忱，当为世界所共见而共仰。"1982年，瞿启甲最小的儿子瞿凤起又陆续向各级文管部门捐赠古籍以及县志资料、名人札记、文物拓片、拓本、期刊等千余件，在捐出了瞿氏家族传家之宝——明代山水大家王翚的《芳洲图》五年后，这位铁琴铜剑楼瞿氏家族第五代最后一位传人终于安详地闭上了眼睛，也为瞿氏铁琴铜剑楼这个藏书之家画上了一个辉煌的句号。昨天的艰辛是今天的荣耀，经过瞿氏几代人的不懈努力，如今铁琴铜剑楼的藏书，都被珍藏在北京、上海、南京、常熟等国家图书馆里，得到了很好的保护。

阳光普照，微风轻拂，走在铁琴铜剑楼的楼宇间，感觉周围的空气都散发着淡淡的书香，我突然从忽明忽暗的光影里看到海市蜃楼般的景象。光影在变幻，仿佛走进了久远的乾隆年间，我看到一个高大的身影，那人穿着四开衩长袍、翻毛皮马褂，一条长长的小辫在头上晃来晃去，正指挥着工匠们在夯土整地造房子……莫非就是传说中的铁琴铜剑楼创始人瞿绍基。

当我从虚幻中回到现实，念起瞿绍基这个名字，不得不佩服这位铁琴铜剑楼的第一代主人，他开创了一项卓著千秋的事业，也感叹瞿氏家族的后裔们，从觅书、抄书、刻书，到藏书、护书、献书，如涓涓细流绵延五代。在二百余年的风风雨雨中，犹如琅琅书声，成就了一段流传千古的佳话。瞿氏铁琴铜剑楼从一个古老而年轻的小镇出发，与山东聊城杨氏“海源阁”、浙江归安陆氏“皕宋楼”、浙江钱塘丁氏“八千卷楼”齐名，被誉为中国清代四大藏书楼。在许多藏书研究专家眼里，铁琴铜剑楼的全面修复，具有里程碑式的意义。想必，那些爱书如命的瞿氏家族的先哲们，在九泉之下也一定会感到欣慰和骄傲。

沧桑逝水，风习递嬗，变的是沧海桑田，不变的是书香情怀。铁琴铜剑楼的书香将永远留存在江南这片沃土上。